長編官能ロマン

淫と陽

陰陽師の妖しい罠

黒沢美貴

祥伝社文庫

目次

黒の羽根帽子

ホテル・タジオの客室からは、葉山《はやま》の海がよく見渡せる。このようなリゾートホテルは夏には多くの人で賑《にぎ》わうが、シーズンオフ、特に梅雨《つゆ》の季節は客もまばらだ。小雨が降りしきる中、ホテル・タジオの白亜の建物は霞《かすみ》が掛かったようにぼんやりと浮かび上がっていた。

このホテルは客室のほかに、レストラン、プール、スパ、エステ、売店、そして美術館を併設している。美術館〈ギャラリー・インゲボルグ〉には、著名な画家からマニアックな画家まで、五十点ほどの作品が常設展示されている。こぢんまりとしていて地味だが、センスの良い絵画を集めているので、通好みの美術館として知られていた。

平日の午後二時過ぎ、ホテル・タジオは静かだった。宿泊客のほか、ラウンジで優雅にお茶を楽しむ人たちや、スパを利用する人たちもいたが、騒がしさはまったくなかった。上品なホテルには、やはりそれなりの客が集まるのである。

「なんだか眠いなあ。雨だからかな」

警備室でモニターを見ながら、横山《よこやま》が欠伸《あくび》を嚙み殺す。モニターには、美術館の館内が映し出されていた。

「平和すぎるんだろうな。このホテルは本当に安全だもんなあ。俺はここで十年以上警備をしているけれど、事件らしい事件って起きたことがない」

警備員仲間の河村《かわむら》が言うと、同じく警備員である岩田《いわた》が続けた。

「そうだよな。急病人が出て、救急車を呼ぶぐらいだ。それも、ごく稀《まれ》だし」

「ま、平和ボケってことか。さすがは『通人が選ぶホテル』で三ツ星を取っただけあるな」

「そのぶん俺たちは暇だが、気楽でいいじゃないか。ホント、ここの仕事はラクだ」

三人の警備員たちは頷《うなず》き合い、笑った。この時間帯はあと三人警備員がいるが、それぞれ人が集まるロビー、レストラン、出入り口の辺りを見回っていた。

横山たちが欠伸をしながらモニターを眺めていると、警備室のドアを叩く音がした。

「誰だろう」というように三人は顔を見合わせ、首を傾げる。河村が立ち上がり、ドアに近づいて大声を出した。

「はい、どなたでしょう」

すると、澄んだ美しい声が返ってきた。

「あの……私、客室係の者ですが、皆様に差し入れをお持ちしました」

女の声につられるように、河村はドアを開けた。するとそこには見目麗しい妙齢の美女が立っていた。華やかな顔立ちに栗色のボブヘアがよく似合い、スリムな身体に清らかな色香が漂っている。眼鏡を掛けているが、その瞳はこぼれ落ちそうなほど大きかった。

女があまり美しかったので、河村は呆然としたように、一瞬言葉を失った。美女が着ているからか、ホテルの制服が高級品に見える。女はにこっと微笑《ほほえ》み、袋を差し出した。

「これ、お客様にいただいたんです。『楽しく過ごすことができました。ありがとう』と仰《おつしや》って。とても美味《おい》しい洋菓子です。たくさんいただきましたので、スタッフで分け合ったのですが、皆様にもどうぞと思いまして……。お受け取りいただけますか」

女の丁寧《ていねい》な口調と物腰に、河村はボーッとしてしまっていた。

「あ……いえ、そんな、悪いなあ。……ホントにいただいてもいいんですか」

河村は頬を少し紅潮させ、しどろもどろになりながら言った。横山と岩田もモニターから目を離し、すっかり女に釘付けだった。二人とも鼻の下がだらしなく伸びている。

「もちろんです！　だって皆様のおかげで、このホテルの治安が保《たも》たれているのですもの。日頃の御礼を込めまして、お渡ししたいと思います。いつもしっかりと警備をしてくださって、本当にありがとうございます。これからも、どうぞよろしくお願いいたします」

女は河村に袋を押しつけ、大きな瞳を瞬《またた》かせて、愛らしく微笑んだ。うら若き美女に『よろしくお願いいたします』と言われ、四十代半ばの河村は骨抜きにされてしまう。河村は洋菓子が入った袋をしっかりと受け取り、女に何度も頷いた。

「はい……こちらこそ、よろしくお願いします！　いやあ、嬉しいなあ。貴女《あなた》みたいな人とお近づきになれて。お菓子、有難くいただきます。……ホント、ありがとう！」

河村の言葉に、女はますます可愛い笑顔になった。

「お受け取りくださって、よかったです。皆様でお召し上がりくださいね」

女は優しい口調で言うと、丁寧に礼をして、立ち去った。

女が帰った後も、警備員たち三人は彼女の美の余韻《よいん》に浸《ひた》っていた。

「いやあ、綺麗な人だったなあ。あんな美人、ホテルのスタッフにいたっけ？　今まで気がつかなかったなんて……ああ、なんだか時間を無駄にしていたような気がする」

河村が大袈裟《おおげさ》に嘆く。

「華やかだからフロントに立てばいいのにな。最近入ったのかもしれないけど。いや、すっかり眠気が吹き飛んだわ。〃目の覚めるような美女〃ってホントにいるんだな」

感心したように横山が言い、岩田も大きく頷いた。

「俺たち三人とも彼女に見とれて、名前を訊《き》くのを忘れちゃったな。まあ、後で調べればすぐに分かるだろう。……おっ、美味《うま》そうだな」

袋にはマドレーヌが詰め込まれていた。三人はコーヒーを淹《い》れて、休憩することにした。マドレーヌを頰張《ほおば》り、雑談しながらも、モニターチェックは怠《おこた》らないが。

「美味い！　まさに蕩《とろ》けるような口当たりだ！」

マドレーヌはとても美味しく、三人ともすぐに一つ食べ終えてしまった。二つ目もあっという間だ。そして三つ目を半分ほど食べた時、横山が呟《つぶや》くように言った。

「腹が膨《ふく》れたせいかな……なんだか眠い……」

彼の目は虚《うつ》ろになっていた。

「うん……そうだな……」

岩田の食べる手が止まった。河村は何も言葉を発さず、椅子《いす》から崩れ落ちた。

三人が床に倒れて眠り込んでしまうのに、時間は掛からなかった。先ほどの美女がドアを開き、中をこっそりと覗く。三人の様子を確認すると彼女はほくそ笑み、携帯電話を取り出して、素早くメールを送った。

〃準備完了ですわ。お姉さま、後はお願いいたします〃と。

夏美《なつみ》はホテルの地下の化粧室の中で、連絡を待っていた。妹の冬花《ふゆか》からメールが届くと、夏美は大きく深呼吸をし、一言〝了解〟と返信した。そして気合を入れ、化粧室を出て行った。

ホテル併設の美術館〈ギャラリー・インゲボルグ〉は常設展示だけなので、チケットを購入することなく、気軽に中に入ることができる。雨が降る平日の午後、美術館には人けがなかった。館内に、案内人や警備員もいない。

「ほったらかしのギャラリーってことね。ま、そこに目をつけたんだけれど」

夏美は小声で呟き、肉厚の唇に妖艶《ようえん》な笑みを浮かべた。冬花の活躍で警備員は今頃夢の中だろうから、防犯カメラを恐れることもない。夏美は美術館の中へ堂々と入っていった。

まず、入り口近くについている、警報センサーの受信機を確認する。夏美は手際良く、コンセントから受信機のプラグを抜いてしまった。下調べをしていたので、たやすいものだ。

そして夏美は大理石の床を横切り、グスタフ・クリムトの『黒の羽根帽子』という絵の前で止まった。この絵が、今日の獲物《えもの》だ。大きな黒い羽根帽子を被《かぶ》った女が、うつむき加減で、アンニュイな表情を浮かべている。指で紅《あか》い唇にそっと触れているところが、なんとも艶《なまめ》かしい。

夏美は素早く行動した。額縁をそっと動かし、縦約八十センチ、横約六十センチの絵を、鮮やかに外してしまう。額縁の裏には盗難防止のセンサーがついていて、二十度以上に傾くとセンサーが働くようになっているが、先ほど受信機のプラグを抜いてしまったので問題ない。もし万が一センサーが働いたとしても、警備室の現状を考えるに、すぐには警備員は駆けつけてはこないであろう。しかし、夏美はそれでも注意に注意を重ね、丁寧に仕事をした。

夏美は『黒の羽根帽子』をスーツケースに仕舞った。そして次に、偽の『黒の羽根帽子』をスーツケースの中から取り出した。夏美は再び素早く、偽の絵を額縁の中に入れた。精巧にできている贋作《がんさく》だ。素人は絶対に見破ることはできないだろう。

絵画をすり替えると、警報受信機のプラグもコンセントに入れて元通りにして、夏美は急いでギャラリーから姿を消した。ものの五分で仕事完了だ。獲物を入れたスーツケースを持ち、夏美はホテルの裏口から出て、少し離れたところでタクシーに乗り込んだ。

「東京駅までお願いします」

行き先を告げ、夏美は大きな吐息を漏らした。自宅マンションは赤坂にあるが、念には念を入れ、行き先をぼかすのだ。タクシーが滑り出し、一キロほど行ったところで、夏美はようやく足を組んだ。さすがに緊張したので、全身が微《かす》かに汗ばんでいる。

いつもは派手な服装の夏美も、今日はロングヘアを纏《まと》めて帽子の中に入れ、サングラスを掛け、黒のTシャツに黒のズボンにスニーカーという〝仕事着〟だ。タクシーに乗る前にマスクも掛けたので、重装備である。夏美は冬花にメールを打った。

〝お仕事完了よ。今タクシーの中。東京駅に向かってる。冬花もお疲れさま。上手《うま》くやってくれたわよね？　貴女のことだから大丈夫だろうけれど〟

冬花からの返事は十五分後ぐらいにきた。

〝お姉さま、お疲れさま。私もタクシーに乗り込みました。同じく東京駅に向かっております。警備室の件ですが、もちろん計画どおりです。人けのない静かな美術館が、いつものように映し出されるだけですわ。……では、後ほど、東京駅で落ち合いましょう〟

冬花の返事を見て、夏美は満足げな笑みを浮かべた。冬花は警備員が眠っている間に、モニターの録画テープを別のものとすり替えておいたのだ。そうすれば彼らが目覚めてモニターを遡《さかのぼ》ってチェックしたところで、美術館に夏美の姿は微塵《みじん》も映っていないということになる。

雨がますます激しくなる中、夏美を乗せたタクシーは走り抜けてゆく。

現代の陰陽師《おんみようじ》・天龍雨継《てんりゆうあめつぐ》

翌日、夏美と冬花は盗んだ絵画を、依頼主の中条清高《なかじようきよたか》の自宅へと運んだ。中条は土地のブローカーをしている男で、熱狂的な絵画コレクターでもある。その彼に頼まれ、一肌脱いだというわけだ。

春野《はるの》夏美と冬花は、表向きは化粧品や健康食品を販売する会社を経営しているが、それは世をしのぶ仮の姿。泥棒稼業が生業《なりわい》である。しかし、泥棒といっても、彼女たちなりの美学があり、それに基づいて仕事をしている。ターゲットは「大金を持て余している悪いヤツら」で、そのような人々からしか頂戴しない。では、なぜ今回、絵画を盗んだのか。それは「美術館がこんなに杜撰《ずさん》な管理なんて、絵が可哀相。ただ飾られているだけで放ったらかしにされているなら、本当にほしい人のもとにあるべき」という彼女たちなりの哲学ゆえである。彼女たち独自の美意識で、いい加減な管理をしているホテル・タジオが悪者となり、ターゲットにされたのだ。

中条の豪邸は自由《じゆう》が丘《おか》にあり、夏美と冬花は地下の秘密部屋に通された。彼はルーペを手に絵画をじっくりと観察し、歓喜の声を上げた。

「いや、ありがとう！　そう、これだよ。この絵、喉から手が出るほどほしかったんだ！　さすがは君たちだ。約束どおり、御礼はたっぷりさせてもらう。本当にありがとう」

中条に頭を下げられ、夏美と冬花は顔を見合わせて微笑んだ。クリムトの『黒の羽根帽子』を前に、三人はチョコレートを摘《つま》みながら、シャンパンで乾杯した。

「しかし、見事に美しい絵だ。描かれてる女の、この倦怠《けんたい》感が漂う表情に惹《ひ》かれるんだよ。服装も優美だけれどシンプルで、実に洒落《しゃれ》ている」

中条は絵画を眺めながら、満足げに目を細める。

「クリムトの絵はやはり近代的ですわよね。二十世紀初めの、世の中が変化してゆく頃の〝危うさ〟のようなものが漂ってますわ」

冬花が言うと、中条は大きく頷いた。

「まさに、そう。いわゆるデカダンを感じるんだよね、この絵には。俺はこういう危うい美しさというのが大好きでね。……いや、実に幸せな気分だ。クリムトの絵といい、君たちといい、美しいものに囲まれて」

中条はそう言って、真に嬉しそうに笑う。夏美はグラスを傾け、婉然《えんぜん》と足を組み直した。

「うふふ……。中条様は、本当に美しいものがお好きですわよね。年の離れた奥様も、日本画に描かれたような美女でいらっしゃいますし」

夏美が言うと、中条の表情が一瞬曇った。会話が途切れ、なんとなく気まずい雰囲気になる。彼の変化を、姉妹は見逃さなかった。

中条の妻の麻衣《まい》は、着物がよく似合う、うりざね顔の和風美人である。女盛りの三十歳。中条が六十歳なので、麻衣は半分の年齢ということだ。中条も渋みのあるいい男だが、若くて美人の妻には、手こずらされることも多いのかもしれない。もともと、中条が麻衣にべた惚《ぼ》れして結婚したのであるから。

「確かに、西洋画もいいけれど、日本画も素敵ですわよね。中条様は、日本の画家ではどなたがお好きですの？　私は江戸時代の浮世絵も好きですが、平安時代の大和絵にも惹かれますの」

冬花がさりげなく話題を変えようとする。中条はグラスをテーブルに置き、葉巻をゆったりと燻《くゆ》らせ、言った。

「平安時代か。……ところで君たち、〝現代の陰陽師《おんみようじ》〟と呼ばれる、天龍雨継《てんりゆうあめつぐ》という男を知っているかい？」

「陰陽師？」

夏美と冬花は鸚鵡《おうむ》返しに応《こた》え、また顔を見合わせた。

「うん。……実は、気に掛かることがあってね。麻衣のヤツが、どうもその陰陽師に夢中になっているみたいなんだ。あいつは前から占いや呪術のようなものが好きでね、それが高じたのか、天龍雨継に入れ込んでしまっている。高い金を出して、その男にあれやこれやと占ってもらっているようだ。『占いなんて、胡散臭《うさん》いことやめろ！』って怒ったのだけれど、なかなか言うことを聞かなくてね」

困っているのだろう、中条は葉巻を銜《くわ》えながら、そっと額を押さえる。

「陰陽師って、平安時代の頃は官職だったんですよね。陰陽道によって、占術、呪術、祭《さい》祀《し》などを司《つかさど》り、権力を持っていたと何かで読んだことがあります。天龍雨継という名前も、聞き覚えがありますわ」

冬花が相槌《あいづち》を打つと、中条は頷いた。

「昔は闇が広がっていて、霊や物《もの》の怪《け》が多かったというからね。陰陽師のようなものも必要だったのだろう。ところが、天龍雨継という男は〝現代の陰陽師〟と名乗り、今、世間でも認知されている。これが不思議な男でね。真に能力があるのか、それともイカサマなのか分からないが、政財界や芸能界やスポーツ界にも多くの顧客がいて大儲けしているらしい」

夏美の目がキラリと光る。『大儲けしているらしい』と聞いて、怪盗の血が疼《うず》き、俄然《がぜん》興味を持ったのだ。中条は続けた。

「俺も色々調べてみたんだが、謎の男なんだ、天龍雨継は。私的なことをシークレットにしてしまっていて、どのような経歴なのかもサッパリ分からない。政財界人たちとの付き合いは以前からあるようだが、マスコミなど表に現れるようになったのはここ二年ぐらいだ。最近はテレビにも雑誌にも出ている。スター気取りなんだろう、まったく嫌なヤツだ」

中条は葉巻を吹かし、忌々《いまいま》しそうな顔をした。彼の言葉にも表情にも〝男の嫉妬《しっと》心〟が見て取れ、夏美も冬花も苦笑する。

「なぜ急に出てくるようになったのか、それも謎ですね」

夏美が言うと、中条は顰《しか》め面《つら》で返した。

「ただの目立ちたがり屋だろう。まったく〝現代の陰陽師〟が聞いて呆《あき》れる。あんな俗物!」

「中条様がお怒りになる気持ちも分かりますわ。大切な奥様が、そのような怪しげな男と接触があったら、心配で当然ですもの」

思いやりのある冬花の言葉に、中条は再び大きく頷き、そして目を指で擦《こす》った。

「心配……そう、私は心配なんだよ、麻衣のことが。本当は『雨継などに二度と近づくな』と言って殴ってやりたいけれど、あまり厳しい態度を見せて、逃げられでもしたら悲しいからね。惚れた弱みで、俺は麻衣にはきつく言えないのさ。いや……すまん、情けない話を聞かせてしまって」

中条はそう言って弱々しく笑う。夏美はしなやかな指でチョコレートを摘みながら、ポツリと言った。

「天龍雨継ですね。……もし彼について何か分かったら、お知らせしますわ」

夏美の言葉に、中条の顔に精気が戻る。

「いや、さすが夏美君だ！　お願いするよ。あの男について何か情報を得たら、教えてくれ。よろしく頼む！」

頭を深々と下げる中条を見つめつつ、夏美はぽってりとした唇へチョコレートを放り込んだ。

☆

中条の邸宅から赤坂の自宅マンションに戻ると、夏美と冬花は早速インターネットを使って天龍雨継について調べた。雨継は自分のホームページは持っていなかったが、インタビュー記事などが検索された。

「ふうん。なかなかいい男じゃない。今の男性にしては珍しいほど凜々《りり》しい顔をしているわね」

雨継の写真を見て、夏美が言った。陰陽師の装束を纏《まと》っているせいか、雨継は確かに不思議な魅力を湛《たた》えていた。インタビュー記事の受け答えからも、知性とセンスの良さが伝わってくる。彼はプライベートなことはいっさい喋《しやべ》らず、万物は「陰」と「陽」の相対関係で成り立っているという思想に基づく陰陽道について語っていた。

夏美と冬花が雨継について探っていると、井手達郎《いでたつろう》が遊びにやってきた。達郎は夏美より三歳、冬花より五歳年上の三十一歳。冬花の恋人で、姉妹の家にも自由に出入りしているのだ。恋人といっても、冬花は潔癖症《けつぺきしよう》ゆえに、キスもしたことがないような仲であるが。

「ねえ、達郎さん。天龍雨継ってご存じ？　ある人に頼まれて、彼について調べていたんだけれど、謎に包まれていて、どんな人物かよく分からないのよ。プライベートはいっさい隠してしまっているみたいだし」

夏美が訊《たず》ねる。フリーライターである達郎は、もちろん雨継のことを知っていた。

「天龍雨継か。今をときめく〝現代の陰陽師〟、カリスマ占い師だろ。なんでも、凄い能力らしいよ。物の怪に憑《つ》かれた人を、すぐに元通りにしたり。生まれた時からある顔のあざを、手をかざすだけで綺麗に取ってしまったり。数年前、ホテルの火災の事件があったろ？　消火装置が上手く作動せずに、死者が何人も出たという事件。あのホテルの関係者が原因不明の高熱にうなされ続けていた時も、呪文を唱《とな》えて助けてあげたらしい。なんでも火災で亡くなった人たちの霊が、大勢取り憑いていたそうだ」

達郎の話を聞いて、姉妹は顔を見合わせた。夏美が言った。

「ふうん。天龍雨継はイカサマ占い師ってわけではなさそうね。でも、それってホントの話なのかしら。霊とか秘術とか、なんとなく信じがたいけれど。作り話ではないの？」

「どうだろう。まあ、あれだけの客を持っているんだから、それなりの何かはあるんじゃないかな。俺もこの目で彼の力を見たわけではないから、なんとも言えないけどね。でもライター仲間が言うには、雨継を頼っている芸能人やスポーツ選手も多いみたいだよ。彼らは波のある商売だから、運気みたいなものを信じ込むんだろうね。去年ホームラン王になったプロ野球選手は、雨継に忠告されて東南東を向いて眠るようになって、バカスカ打てるようになったそうだ。離婚して人気低迷した某女優は、雨継にアドバイスされて髪型と名前を一字変えてから、人気復活して視聴率女王と呼ばれるようになった。まあ、彼らにとってみたら、雨継は神様みたいだろうな」

達郎の話を、夏美も冬花も興味津々に聞いていた。特に夏美は、そのような雨継の能力が真のものであるかどうか探ってみたいのだろう、好奇心で目が光っている。

「そういや、今度そのライター仲間に会うんだ。雨継のこと、また何か聞き出しといてあげるよ」

達郎が約束すると、夏美は妖《あや》しい笑みを浮かべて言った。

「ええ。是非お願い。陰陽師について、色々知りたいわ。私、謎めいた人や物事に、とても惹かれるのよ……」

鬼平警部登場

達郎は、雑誌の編集者たちと打ち合わせをかねて、歌舞伎《かぶき》町の居酒屋で飲んでいた。雨継のことなども訊いて情報収集しながら、焼き鳥をつまんでビールをぐいぐい飲むうち、膀胱《ぼうこう》が膨らんでゆく。達郎は席を立ち、トイレへと行った。用を足していると、隣に男がやってきて咳《せき》払いをした。達郎は思わず男の顔を見た。

「よう、鬼平《おにへい》のオッサン、お久しぶり」

男は達郎と顔見知りの、警視庁捜査一課の警部、鬼平権造《おにだいらごんぞう》だった。苗字は「オニダイラ」が本当の読み方だが、皆「オニヘイ」と呼び、それがそのまま彼の愛称になっていた。五十五歳の鬼平は、ノンキャリアから警部になった「叩き上げ」だ。巡査から始まり、昇級試験をパスし、いくつもの手柄を立て、警部にまで上り詰めた。部下には厳しく「鬼警部」とも言われるが、根は優しいところもあり、人情味溢れる取調べで何人もの犯人に自白させていた。

「元気でやってるみたいだな、達郎。相変わらず安酒飲んで、酔っぱらってるようだが」

「それはオッサンも同じでしょ。安酒好きじゃないっすか。顔、赤いっすよ」

連れションしながら、互いに憎まれ口を叩く。

「まあ、酒なんて安くたって高くたって、美味《うま》けりゃいいんだ。……ところでお前、この女たちを知らねえか？」

鬼平は左手でイチモツを持ちながら、右手でポケットから写真を取り出し、達郎に見せた。写真を見て達郎は一瞬ギョッとしたが、ポーカーフェイスを保った。写っていたのは、夏美と冬花だった。

「へえ、美人じゃん」

達郎はそう言って、すっとぼける。彼の顔をじっと見ながら、鬼平は凄んでみせた。

「シラを切ってもダメだ。お前がこの女たちと仲が良いのは知っている」

達郎は肩を竦《すく》め、苦笑いした。

「ははは。まあ、顔見知りって程度だよ。なに、彼女たち、何かしたの？」

必死にとぼけるのも逆に疑われると思い、達郎はあっさりと認めた。

「うむ。この姉妹、キナ臭いと思って、密かに追っている。一つは脱税疑惑だ。彼女たちは表立っては有限会社を立ち上げて化粧品・健康食品などを販売しているようだが、とてもじゃないがその売り上げだけで、あの暮らしができるようには思えん！　そして、迷宮入りしてしまってる数々の盗難事件。どうやらこの姉妹たちが関係しているのではないかと俺は踏んでいる」

「それはまた、なんで？　なんで彼女たちが関係してると踏んでるんっすか？」

達郎は放尿しながら問うてみた。鬼平も放尿しながら答えた。

「うむ。様々な被害者たちの証言には、共通点があるんだ。それは事件が起きた前後に、『人目を惹く美女』が現場付近にいたということだ。そして、その美女は一人ではないらしい。……俺は独自の捜査を始め、試行錯誤しながら、この春野姉妹に目をつけた。あの暮らしを維持するには、本業だけでは無理、なにか副業をやっているに違いない。そしてその副業……こちらが本業かもしれんが、それが窃盗《せっとう》ということだ！　長年の刑事生活で培《つちか》った、この鬼平様の勘だ！」

ムキになって熱弁を振るう鬼平を、達郎は鼻で笑った。

「あの暮らしねえ……こんな美人姉妹だったら、金持ちのパパでもいるんじゃないの？　パパにお金や高級品をプレゼントしてもらってんだろ、単に」

鬼平は顔をますます赤くして唸《うな》った。

「けっ！　金持ちのパパだあ？　そんなこと言ってるからこの日本がダメになっちまった

んだ！　おい、お前、本当に何か知らないのか？　それとも、お前も仲間か！」

達郎は腰を何度か揺すって小水を切ると、鬼平のシャツに手を擦りつけて拭《ふ》いた。

「そんなオッサン独自の捜査なんかしてないで、もっと凶悪な事件を早く解明してよ。未解決殺人事件とか、色々あるでしょ。また叩かれるよ、『警察はいったい何をしてるんだ』って」

達郎はそう言って、鬼平を軽く睨《にら》んだ。シャツで手を拭かれて顔を顰《しか》めながらも、痛いところを突かれて鬼平は言葉に詰まる。達郎は「じゃあね」と言って鬼平の肩を叩き、調子良く逃げて行った。

グラマラス・パーティー

夜のパーティーまで時間があるので、夏美と冬花はスポーツクラブで汗を流すことにした。夏美はジムで、冬花はスタジオで、身体を鍛《きた》える。

オレンジ色のレオタードを着た二十八歳の夏美は、南国の果実のようだ。乳房もヒップも豊かだが、ウエストは引き締まって、まさにダイナマイト・ボディである。ライトブラウンのロングヘアに華やかな顔立ちの夏美は、花に喩《たと》えるなら真紅の薔薇《ばら》。ハリウッドのグラマー女優のような雰囲気を湛《たた》えている。

鮮やかなブルーのレオタードを着た二十六歳の冬花は、海に煌《きらめ》く熱帯魚のようだ。全体的にスリムで姉のようなボリュームはないが、乳房もヒップも良い形である。スラリと伸びた、バンビのような美脚が魅力的だ。ダークブラウンのショートヘアに端正な顔立ちの冬花は、花に喩えるなら純白の薔薇。ヨーロッパ系の神秘的なモデルのような雰囲気を湛えている。

外見も内面も似てはいない二人だが、夏美と冬花は互いに足りないところを補い合って、とても仲が良かった。

夏美はジムで筋力トレーニングに励んだ。マシーンを使い、専属トレーナーに指導してもらう。冬花はスタジオで、パワーヨガと太極拳《たいきょくけん》のレッスンに励んだ。彼女たちのように華麗に盗みを働くには、頭脳プレイだけではなく、体力も必要なのだ。いざという時のために、護身術も身につけておかねばならない。このような地道な訓練があってこそ、怪盗の技が花開くのである。

二人ともレッスンが終わる頃には、汗だくになっていた。ロビーでミネラルウォーターを飲みながら、休憩をする。

「ねえねえ、冬花。私、ますますバストアップしたように見えない？　マシーンで大胸筋を鍛えてるから、乳房が上がってきた感じ！　大きな胸は垂れやすいから気をつけないとね。……ほら、ウエストもさらに締まってきたでしょ！　あーあ、あと背が五センチ高ければなあ。私の理想として完璧なボディなんだけれど。背は今さらなかなか伸ばせないものねえ」

夏美はぼやきつつ、唇を尖《とが》らせる。冬花は呆れたように笑った。

「お姉さまって、ホントに外見・外見ですわね！　胸が上がったの下がったの、太ったの痩《や》せたの、背が高いの低いの、どちらだってよろしいではないですか。そんな不純な気持ちで、よくスポーツを続けられますこと」

妹の冷ややかな口調に、夏美はますます膨れっ面になる。

「なによ、偉そうに。冬花だって外見に気をつけているから、ヨガやったりしてるんでしょう？　いいわよね、貴女は。私より背が高いんですもの」

「あら、私が肉体を鍛えているのは、健康に気をつけているからですわ。私はスポーツって、精神とも結びついていると思うんです。ヨガや太極拳や気功は、みな〝気〟を大切にしますよね。肉体とともに精神統一の訓練というわけですわ」

妹に諭《さと》され、夏美は唇を尖らせたまま足を組み直す。そして声を潜《ひそ》めて言った。

「確かに泥棒稼業には精神統一は必要よね」

姉の言葉に、冬花はクスリと笑って応える。

「ええ、そのとおりですわ。私たちのお仕事って、頭も肉体も精神もフル活動させますものね」

二人は顔を見合わせ、ほくそ笑んだ。特に冬花は、泥棒稼業で姉の足手まといにならないためにも身体を鍛えている。危ない目に遭《あ》ったところを、姉に色々と助けてもらったからだ。達郎と出逢うまで冬花が男性が苦手だったのは、昔、忍び込んだ屋敷の主人に見つかってレイプされそうになったことが原因だった。その時、曇っていて月が見えなかったことから、姉妹は暫《しばら》く験《げん》を担いで月の輝く晩にしか活動しなかった。しかし、依頼内容によっては、そう悠長なことも言っていられなくなる。絵画を盗んだ時のように、雨の降る日中に仕事をしなくてはならないことも出てくる。姉妹は仕事をもっとスムーズにするためにも、護身のためにも、体力をつけていた。

孤児院育ちである二人は、普通に就職するのも困難で、それならばと自分たちの長所を最大限に活用しながら生きているうちに、泥棒稼業に足を踏み入れることになってしまった。もともとは貧しかった二人は、「大金を持て余している悪いヤツら」に対して軽蔑《けいべつ》や怒りを持っており、そのような連中から金品を奪うことは、復讐にも似た一種の爽快感がある。それゆえ夏美も冬花もそれほど深い罪悪感も持たずに、いわば「仕置き人」のような気分で仕事をしていた。奪った金を、お世話になった孤児院やボランティア団体に寄付することもある。二人は贅沢《ぜいたく》な暮らしを楽しみながらも、金に必死で執着するということはなかった。金がなくなったらなくなったで、また何かを一から始めればいいと思っているからだ。

「全身タフでなくては、私たちのような芸当はできないってことね。……ボディメンテナンスも終わったし、シャワーを浴びて、それから肌を整えましょうか。今夜のパーティーは大切ですもの」

「ええ、お姉さま。陰陽師がくるというパーティーですものね。色々なツテを頼って、パーティーに潜り込むチャンスを得たのですから、張りきりませんと」

「そうね。張りきっていきましょう。頭と肉体と精神をフル回転させて、是非、陰陽師とお近づきになりたいわ、私」

夏美は長い髪を掻き揚げ、ヤル気満々といったように、鍛えた胸をゆさゆさと揺らしてみせた。

☆

パーティーは六本木の高層レストランを借り切って行われた。メンデルスゾーン作曲『夏の夜の夢』の愛らしく軽快な音楽が流れ、吹き抜けの窓の外にはライトアップされた東京タワーが輝いている。アパレルメーカー社長の誕生パーティーなので畏《かしこ》まったものでもなく、集《つど》った人々は気軽に楽しんでいた。梅雨が明け、夏の到来に相応《ふさわ》しい、華やかな宴《うたげ》だ。

「なかなか素敵じゃない。招待客は五十人ぐらいかしら」

会場を見回し、夏美が嫣然《えんぜん》と微笑む。夏美は胸元が大きく開いた、薔薇色のスリップドレスを着ていた。豊かな乳房が、半分ほど露《あら》わになっている。夏美はそれを恥ずかしいとも思わず、胸の谷間を見せつけ、誇らしげな表情をしていた。彼女のデコルテにはラメ入りのクリームが塗られ、艶やかに煌《きらめ》いている。

「陰陽師はまだいらしてませんね。招待客は……著名どころでは、やはりデザイナーやモデルが多いようですわ」

集った人々をチェックしながら、冬花が夏美の耳元で囁《ささや》く。冬花は白いノースリーブにパンツの、爽やかなスタイルだった。シンプルな服装に、大き目のピアスをつけるファッションが、彼女の好みだ。ショートヘアでスリムな冬花は、宝塚の男役にも似た、中性的な魅力を発揮していた。

このような夏美と冬花が一緒にいると、パーティーでも目立つ。集った男性たちは皆、麗しい姉妹に笑顔で会釈《えしゃく》をした。外国人などは、ウィンクをしたり、投げキスまでしてくる。男性のそのような態度に慣れている二人は、さりげなく優美に対応し、たちまちパーティーの華になってしまった。男たちに囲まれ、賞賛の言葉を受ける夏美と冬花は、女王のようだ。

「ハイ、夏美！　今日ハ一段ト綺麗ダネ！」

日米ハーフのモデル、ロバート笠井《かさい》がやってきて、夏美の腰に手を回す。皆が見てる前で、夏美は堂々とロバートと熱烈なキスをした。群がった男たちから、拍手が起きる。夏美とロバートのアトラクションは、彼らの興奮を掻き立てたのだろう。男たちは、夏美の胸元に釘付けになっていた。

「ロバート、今日はありがとう。おかげさまで、素晴らしい夜になりそうよ」

夏美はロバートの耳元で囁き、豊かな乳房を彼に押しつけた。ロバートも夏美の胸元に目をやりながら、にやけている。

夏美と冬花がこのパーティーに潜り込めたのは、ロバートのおかげである。彼女たちはパーティーの主催者である社長の辻村《つじむら》とは何の面識もないが、ロバートは彼の会社の専属トップモデルなのだ。

達郎からの情報で、陰陽師の顧客に辻村がいると知った夏美たちは、ロバートに話を聞いてみた。そして、辻村の誕生パーティーにもしかしたら陰陽師もくるかもしれないとの情報を得た。そこで陰陽師に接触をはかるため、夏美たちは「ロバートの友人」ということで誕生パーティーに潜入したというわけである。ちなみにロバートは、夏美の数多いボーイフレンドの内の一人で、ずっと「おあずけ」を食らわされている状態だ。

ロバートをはじめ男たちが群がる姉妹に、辻村も挨拶《あいさつ》をしにきた。

「これはこれは、お美しい。夏美様と冬花様、ロバートからお話は聞いています。……いや、予想以上の美人姉妹だ。我が社のモデルをしていただきたいですよ！」

夏美と冬花を前に、辻村も相好《そうごう》を崩しながら名刺を差し出す。それを丁寧に受け取り、夏美たちも彼に名刺を渡した。

「お褒《ほ》めのお言葉、光栄に思いますわ。私たち、こういう者です。お見知りおきくださいませね」

夏美の名刺には『有限会社グラマラス・ライフ、代表取締役・春野夏美』、冬花の名刺には『有限会社グラマラス・ライフ、トータルアドバイザー・春野冬花』と書かれてあった。

「お二人ともお若いのに、会社まで立ち上げて、御立派だ。化粧品や健康食品などを扱ってらっしゃるんでしょう？　美容と健康、お二人に実に相応しいテーマだ！　ずいぶん儲けていらっしゃるみたいですし……。いや、素晴らしいですよ」

夏美と冬花の身なりをじっくりと観察するように眺め、辻村が言う。不躾《ぶしつけ》な視線にも、夏美も冬花も平然としたものだ。

「ありがとうございます。貴社に比べれば私どもの会社など小さなものですが、地道にやっていこうと思っておりますの。辻村様こそ遣《や》り手でいらっしゃって、素晴らしい経営者様ではありませんか！　経営のノウハウを、是非教えていただきたいわ」

唇を半開きにし、蕩《とろ》けるような表情で夏美が言う。夏美から匂い立つフェロモンにやられたのだろう、辻村は鼻の下を伸ばして頷いた。

「もちろんですよ！　いや、魅力的な方とお知り合いになれて嬉しいです！　夏美様、冬花様、これからもどうぞよろしくお願いいたします」

「ええ、こちらこそ」

三人はシャンパングラスを傾け、乾杯をした。辻村にもすっかり気に入られたようなので安心し、夏美と冬花はシャンパンを一息に飲み干した。

辻村は暫《しばら》く姉妹と会話を楽しんだが、ほかにも挨拶しなければいけない招待客がいるため、名残《なごり》惜しそうに彼女たちの傍《そば》を離れた。するとまた男たちが群がってきて、夏美と冬花を囲んだ。姉妹の人気は、モデルの女性たちをも上回るものだった。

そんな夏美と冬花を、少し離れた場所で観察している男がいた。鬼平権造だ。といっても、鬼平は姉妹を尾行していたわけではない。このパーティーの参加メンバーの中に大麻常習の容疑者がいて、偶然、潜り込んでいたのだ。鬼平は大麻容疑者と姉妹を交互に盗み見しながら、目をギラつかせてセブンスターを吹かしていた。

パーティーが始まって一時間ほど経った頃、会場が急に騒がしくなった。

「お姉さま、陰陽師ですわ」

ロバートにしなだれ掛かっている夏美に、冬花が言った。夏美は、ざわめいているほうに目をやった。

白い狩衣《かりぎぬ》を纏《まと》い、黒い懐中烏帽子《えぼし》を被った陰陽師は、発光しているかのように輝いていた。そのオーラは彼を非常に大きく見せ、夏美さえも圧倒するほどだった。

「凄い威圧感だわ……」

陰陽師に目を釘付けにしながら、夏美が呟いた。

「さすがカリスマと言われるだけありますわね。彼の周り、半径一メートルぐらい、雰囲気が違いますもの。なんだか……浮き上がっているようですわ」

冬花が姉に耳打ちする。ロバートも陰陽師を見て、「エキゾティック！　ミステリアス！」と繰り返した。

陰陽師・天龍雨継が現れると、たちまち彼を囲んで人の群れができた。しかし、誰も雨継に気軽に声を掛けたりはしない。皆、カリスマを拝んでいるだけで満足のようだった。

雨継は静かな笑みを浮かべ、群がる人々と挨拶を交わしてゆく。ゆったりとしていながらも凛《りん》とした所作は、能の動きを思い起こさせる。夏美も冬花も、雨継の一挙手一投足に目が惹《ひ》きつけられた。それは美男子に見とれるといったような次元ではなく、何か超人的な魅力に吸い込まれるといったような感覚であった。

バッハの『無伴奏ヴァイオリンのためのパルティータ第二番、シャコンヌ』。哀愁《あいしゅう》を帯《お》びた厳かな調べが流れる中、静寂なる威圧感を湛え、雨継は光り輝いていた。

「これはこれは天龍先生。よくぞおいでくださいました！　先生がいらっしゃると、パーティーもぐっと華やぎます。まことにありがとうございます」

雨継のもとに辻村がやってきて、大きな声で彼を褒めちぎり、頻《しき》りに頭を下げた。

「こちらこそお招きありがとう存じます。お誕生日、まことにおめでとうございます」

雨継も丁寧に返し、礼をした。

「あら、声も素敵ね。少し鼻に掛かっていて、低くてよく響いて……色っぽいわ、とても」

惚れっぽい夏美らしく、雨継を見つめる彼女の目は、トロリと蕩《とろ》けて潤《うる》んでいる。

「姿勢がとてもよろしいですわね。スッと伸びた背筋は、彼の礼節ある性格を表しているかのようですわ」

冬花は、雨継の雅《みやび》やかな物腰に感心しているようだった。

雨継が近づいてくると、夏美は気合を入れるかのように咳払いし、ドレスを正した。胸元に目をやり、谷間が美しく見えているかを確認する。夏美は「準備はＯＫ」と小声で呟くと、ロバートの耳元でねだった。

「……ねえ、あそこのテーブルからワイングラスを二つ持ってきてくれない？　乾杯したいのよ」

夏美に息を吹き掛けられ、ロバートは目尻を垂らす。

「夏美サント乾杯デキルナンテ、ベリーハッピー」

ロバートはそう言って夏美にキスをし、いそいそとワイングラスを取りにいった。

雨継が夏美と冬花のすぐ傍まできていた。遠目からだととても大柄に見えたが、近くで見ると雨継は中肉中背であった。雨継に漂うオーラが、彼を大きく見せたのだろう。夏美は鼻息荒く、獲物を狙う女豹《めひょう》のように、雨継をじっと見つめていた。

「夏美サン、ハイ、持ッテキタヨ。乾杯シヨウ！」

ロバートがワイングラスを夏美に渡す。夏美はそれを受け取ると、彼が持っているもう一つのグラスをも奪い取ってしまった。キョトンとするロバートを尻目に、夏美は冬花に囁いた。

「雨継を落としてくるわ。いい？　姉の勇姿を、しっかりと見てなさい」

そして夏美はワイングラスを二つ持って、雨継に堂々と近づいていった。

夏美はタイミングを見計らって、雨継へとグラスを差し出した。グロスで輝く唇に艶かしい笑みを浮かべ、媚《こび》を含んだ悩ましい視線を送る。夏美が男を落とす時の、決め顔だ。雨継は夏美の顔をチラリと見て、ワイングラスを受け取った。

「天龍雨継様、初めまして。お噂はかねがね聞いておりますわ。私、春野夏美と申します。お見知りおきのほどを」

夏美は自信満々に挨拶し、グラスをさりげなく胸元へと持っていった。陰陽師の視線を、胸の谷間に引きつけるためだ。こうすれば乾杯する時に、相手は下を向かずにいられない。視界に入る夏美の豊満な白い胸に、ノックアウトされるというわけだ。

夏美の乳房の間で、グラスに浮かぶ赤い液体が揺れる。薔薇色のワインは、今日の彼女のドレスによく似合っていた。

しかし雨継はワイングラスを自分の顎ほどの高さに持ったまま、下に動かさない。視線も動かすことなく、夏美の目を見ている。

雨継の視線に冷ややかで有無を言わせぬものを感じ、夏美は戸惑った。気まずい空気を察知し、彼女はグラスを持った手を動かし、彼の位置に合わせた。すると雨継は微《かす》かな笑みを浮かべたので、夏美はホッとして顔をほころばせた。二人はグラスを合わせ、乾杯した。

夏美はワインを一息に飲み干し、流し目を雨継に送った。乾杯の後、雨継が自分になんて声を掛けるかと期待し、頬が仄《ほの》かに紅潮する。夏美は背筋を伸ばして、乳房をより誇張するようなポーズを取った。顎も突き出し、グロスで濡れ光る唇も半開きにしてみせる。

雨継はワインを飲み干すと、夏美の目をじっと見て、言った。

「貴女、マナーをよくご存じないようですね」

夏美の顔色が変わった。雨継は視線をスッと逸《そ》らすと、軽く会釈をし、横を通り過ぎていった。雨継の言動がショックで、取り残された夏美は暫くそのままじっとしていた。寒々としたものが込み上げてきて、思いきり開いた胸元が急に恥ずかしくなり、夏美は腕でそっと谷間を隠すような仕草をした。

唇を噛み締めながら夏美が振り返ると、雨継は辻村の部下であろうビジネスマンたちと談笑していた。夏美は苦笑いしながら、冬花たちのもとへ戻った。

「さすが陰陽師ね。あの男、隙《すき》がないわ。名刺交換もできなかった。でも……どんな男か間近で見られたし、少しでも接近することができたから、まあいいか」

夏美は冬花の耳元でそう言って、バツが悪そうに舌を出した。冬花は腕組みをしながら、雨継を視線で追っていた。雨継は一通り挨拶を終え、パーティー会場を早くも去ろうとしている。

「あら、もうお帰りになってしまうのかしら。天龍雨継って、ずいぶんクールな方ですのね」

冬花が呟くと、夏美が鼻を鳴らした。

「クールというか、愛想のない男よね。……ねえ、ロバート。今度は水割りを二つ持ってきてくれないかしら？　乾杯しましょ。あー、なんだか酔っぱらいたくなっちゃった、私。ねえ、飲みましょ。シャンパンもワインも、それから食べ物も色々と持ってきて！　パーティーはこれからよ！」

会場を去る雨継を横目で見つつ、夏美はロバートにしなだれ掛かる。夏美のむっちりとした乳房と尻をさりげなく触りながら、ロバートはにやけた。

「ＯＫ！　夏美サン、ダンダン調子ガ出テキタネ！　飲モ、飲モ！　酔イ潰レタラ、僕ガ介抱シテアゲルヨ！」

ロバートは夏美にまたも熱いキスをし、喜々として飲み物と食べ物を取りにゆく。雨継に冷たくあしらわれ、ムシャクシャしている夏美は、空元気を出してはいるが浮かない顔をしている。そんな姉に、冬花はホワイトチョコレートが掛かった苺《いちご》を持ってきてやった。夏美の好物なのだ。

「ありがと」

夏美は冬花に礼を言い、苺を摘《つま》んで口に放り込んだ。甘酸っぱくて、夏美は顔を少し顰《しか》め、唇をすぼめた。

　夏美たちはパーティーがお開きになるまで居続け、ロバートとともに駐車場に下りてきた時には午前零時に近かった。冬花は運転をしなければならないので飲んでいなかったが、夏美はかなり酔っていた。夏美はロバートに支えてもらいながら、ヒールの音を高らかに鳴らして駐車場を歩いた。

「ねえ、冬花もクラブに行こうよお！　貴女もたまには朝まで遊びなさいって！」

　夏美とロバートは、これから六本木のクラブで朝まで騒ぐのだ。しかし姉の誘いを、冬花はあっさりと断った。

「いえ、私はお姉さまとロバートをクラブまでお送りしたら、帰らせていただきますわ。明日は朝からスポーツクラブで、太極拳にボクササイズ、それにアクアビクスのレッスンがあるので忙しいんですの。それゆえお迎えに行けませんので、クラブからお帰りになる時はタクシーでお願いいたします」

　相変わらず生真面目な妹に、夏美は食って掛かった。

「なによお。冬花、あんたもホントに愛想のない女よね！　なんだか知らないけれど、最近やけに身体鍛えちゃってさ。『スポーツクラブに行くから夜遊びしませんの』だってさ！　きゃはははーっ」

なにがそれほど可笑《おか》しいのか、夏美は甲高い声で大笑いをする。ロバートはどさくさに紛れ、夏美の身体を触りまくっていた。冬花はそんな姉を見て、溜息をついた。

三人が車へと辿り着いた時、彼らの前に男が立ちはだかった。騒いでいた夏美とロバートも、ふとおとなしくなる。男は口を開いた。

「春野夏美さんと、冬花さんですね」

夏美と冬花は顔を見合わせ、そして男を眺めた。体格が良く、どこかゴリラを思わせるようなこの中年男性に、二人とも見覚えはない。

顔色一つ変えず、冬花が返事をした。

「あの……どちらさまでしょう？」

男は薄笑みを浮かべ、照れくさそうに頭を搔いた。

「いやあ、すみません。いきなりお声を掛けてしまって。あ、私、警視庁捜査一課の鬼平といいます。貴女方《あなた》、よく今日のようなパーティーに出席されてますよね。私も出ていたのですが、気づきませんでしたか？　こんなオヤジ、眼中にないでしょうが……ははは。いえね、以前どこぞのパーティーでも貴女方をお見かけして、お二人ともあまりにゴージャスで美しかったので、『あの美女はいったい何者だ』と訊き回りましてね。それで貴女方を存じ上げていたというわけです。いや、申し訳ありません。警察官だってしょせん人間ですからね。セクシーな美女にはお近づきになりたいと思うものなんですよ」

鬼平にそう言われ、単純な夏美は彼の言葉を鵜呑《うの》みにしていい気分になり、満面の笑みになる。『セクシーな美女』と言われることは、夏美にとって何よりの褒め言葉なのだ。冬花は話半分に聞いているようで、口元に笑みを浮かべていたが、目は決して笑っていなかった。

「まあ、そうでしたの。こんなに素敵な刑事さんのことを覚えてなくて、こちらこそ失礼いたしました」

さっきまで千鳥足で呂律《ろれつ》が回らなくなっていた夏美が、急にシャキッとする。鬼平は夏美の胸元に目をやりつつ、咳払いして言った。

「いえ、貴女のような人に『素敵』なんて言われると、照れちゃうなあ……。ところで今日のパーティーには、お仕事の関係でいらっしゃったのですか？」

鬼平の問いに、冬花がさりげなく答える。

「お仕事というよりは、主催側のスタッフと私どもが仲が良くて、友人として呼ばれたというわけですわ。……彼がスタッフであり、私どもの友人です」

冬花がロバートのほうに視線をやると、彼は「ソウデス」と大きく頷いて微笑んだ。

「なるほど。顔が広くていらっしゃるんですなあ。御友人が多いのでしょう。貴女方と親しくできるなんて羨《うらや》ましいですよ」

鬼平の言葉には、本気で言ってるのかわざと言っているのか分からないような、微妙なニュアンスがあった。夏美は身をくねらせて乳房を突き出し、悩ましいポーズを取って、色気たっぷりに鬼平に言い放った。

「あら、では、親しくなりましょうよ。私どもの家に、今度、刑事さんも遊びにいらしてくださいね」

鬼平は夏美の胸の谷間から目が逸らせず、じっと見つめている。ムラムラしてしまったようだが、再び咳払いをして、どうにか威厳を保った。

「いえ、私、公私混同は避けたいところです。それから……私、刑事ではなくて警部ですので。お見知りおきを。またいずれ、色々お話をお伺いするかもしれませんので、よろしくお願いします。今日はこの辺で。では」

鬼平は夏美たちに一礼し、去っていった。彼がいなくなると、冬花は夏美に小声で言った。

「お姉さま、『遊びにいらしてください』なんて調子のいいこと仰って、あの警部さん本気になさったらどうしますの?」

「いいじゃない。刑事を味方につけておけば、いざという時、楽勝だわ」

夏美も小声で返し、舌を出した。

「刑事じゃなくて警部ですわ。お姉さま」

冬花はそう言ってクスクスと笑い、そして一呼吸置いて続けた。

「しかし、あの陰陽師、やはりなかなかの者ですわね。鬼警部さえも魅了するお姉さまに、あんなにクールなんですもの」

すると夏美は急に真顔になり、冬花を軽く睨んで言った。

「鬼警部なら面白いけれど、ホントに警察の人間かどうか疑わしいわね、あのオッサン」

歌舞伎役者と人妻の秘儀

雨継は庭をぼんやりと眺めながら、来客を待っていた。紫陽花《あじさい》が終わり、夏の到来を告げるかのように百日紅《さるすべり》が咲き始めている。雨継は緑茶を啜《すす》り、百日紅の木を見上げる。天龍邸の庭に咲く百日紅は、赤もあれば白もあった。赤い百日紅が咲く様《さま》は木が燃え上がっているよう、白いそれが咲く様は木に雪が降り積もっているようだ。鳥のさえずりが聞こえる、静かな午後である。

「花を眺めながら日本酒でも飲みたいところだが、まだ早すぎるな。酒は、やはり日が暮れてから飲むのが美味い」

雨継は独りごち、フフフと笑った。午前中に瞑想《めいそう》や書、竹刀《しない》を握って素振りの日課を終わらせ、午後からが仕事である。初夏の昼下がり、眩《まぶ》しい日差しが揺れている。白昼夢を見るには、最も良い時刻だろう。

煌《きらめ》く池の面から鯉が飛び上がった時、襖《ふすま》の外から弟子の声が聞こえた。

「中条麻衣様が御到着されました」

雨継はよく通る大きな声で返した。

「ここへお通ししなさい」

「はい。承知いたしました」

弟子の善三《ぜんぞう》は丁寧に答え、下がった。雨継は緑茶を一口飲み、再び目を庭へと移した。

広い和室に通されると、麻衣は正座をして、雨継に深々と頭を下げた。

「お目に掛かれて嬉しく思います。お忙しい中、今日は時間を取ってくださって、まことにありがとうございました」

礼儀正しい麻衣を見つめ、雨継は微かな笑みを浮かべる。雨継は多くの顧客を持っているので、予約を取るのもなかなか難しいのだ。

「失礼いたします」

襖が開き、善三が茶を持って入ってくる。

「京都から取り寄せました玉露《ぎょくろ》と、讃岐《さぬき》から取り寄せました和三盆《わさんぼん》で作った千菓子でございます。麻衣様のイメージに合わせ、花の形のものを選んでみました」

善三は薫《かお》り高い茶と、白い花の如き千菓子を和机に置いた。

「ありがとうございます。私のイメージに合わせてなんて……とても嬉しいですわ」

麻衣は頬を仄《ほの》かに染め、うつむく。加賀友禅の着物を纏った彼女には、人妻の楚々《そそ》とした色香が匂い立っていた。着物は白地で、桜色や薄紫の花々が細かく描かれている。

「喜んでいただけて、こちらこそ嬉しいです。では、どうぞごゆっくりなさってください」

善三は深々と礼をし、すぐに下がった。

和机を挟んで、雨継と麻衣は向き合った。照れくさいのだろう、麻衣の華奢《きやしや》な首筋も仄かに色づいている。

「二週間ぶりですね。お元気そうでなによりです」

「ええ……雨継様も」

二人は静かに会話を交わしながら、茶を味わった。何かを恐れているのだろうか、それとも期待しているのだろうか、麻衣の身体は小刻みに震えている。彼女の細い身体は儚《はかな》さを感じさせるが、大きな黒い瞳には情熱と意志の強さが表れていた。

麻衣は茶碗を置くと、分厚い封筒と大きな風呂敷包みを、雨継に差し出した。封筒の中には、御礼の金が入っていた。

「こちらは、いったい何なのでしょう?」

風呂敷包みを見ながら、雨継が訊《たず》ねる。麻衣は紅い唇に薄笑みを浮かべ、ゆっくりと風呂敷を解いた。

風呂敷の中には、西洋絵画が入っていた。

「雨継様にはいつもお世話になっておりますので、これ、ほんの気持ちの品ですが、お受け取りいただけますか？　私の主人が絵画コレクターで、色々と持っておりますの。その中でも最もセンスが良いと思うものを選んでみましたが、如何《いかが》でしょう。クリムトの絵ですが、お気に召していただけますでしょうか？」

大きな黒い羽根帽子を被った女性が描かれている絵を見て、雨継が言った。

「ほう、これは美しいですな。クリムトの絵でも、マニアックな作品なのではないでしょうか。これ、本当にいただいてもよろしいのですか？　御主人には御承諾は得ていらっしゃるのかな」

雨継の問いに、麻衣は微笑した。

「大丈夫ですわ。主人は、私のやることには文句は言いませんから。主人のものは、私のものですし。持ち出したことがバレて、もし怒られたら、いつものように涙を流すフリをして謝っておきますわ。……ですので、雨継様、御遠慮なくお受け取りくださいませ」

麻衣の表情からは緊張が消え失せ、妖しさが灯《とも》り始めている。この絵画は、お布施《ふせ》のつもりで持ってきたのだろう。麻衣のしたたかな物言いに、雨継は苦笑した。

「そうですか。では、有難くいただきます。こういう趣味の良い絵は、私も好きですので」

雨継の言葉に、麻衣は安心したように頷いた。

「よかったですわ、お気に召していただけて。雨継様は日本画のほうがお好きかとも思ったのですが、日本画はたくさん持っていらっしゃるような気がしましたので、敢《あ》えて西洋画を選びましたの」

雨継はクリムトの絵を手に持ち、じっくりと眺めながら言った。

「いや、そんなことはありません。日本画でも西洋画でも、私は美しいものは何でも好きです。美しいものに触れると、精神が満たされ、脳に快楽が走りますからね。痺《しび》れるほどの……。麻衣さん、貴女もそういう〝美の快楽〟、お好きでしょう」

絵から麻衣へと、雨継の視線がゆっくりと移る。雨継の神秘的な切れ長の目で見据えられ、麻衣はまた微《かす》かに身を震わせた。麻衣はうつむき、小さな声で、でもハッキリと答えた。

「はい……好きでございます。本日も、〝美の快楽〟をいただくため、お伺いいたしました……」

雨継は障子を閉め、和机を退け、麻衣と向かい合った。雨継は結跏趺坐《けっかふざ》という禅の形に足を組み、麻衣は正座をしている。

「では、いつものように目を閉じ、心身を楽にして、瞑想してください」

雨継は麻衣に命じ、部屋を暗くした。そして蠟燭《ろうそく》を灯し、音楽を微量で流し、お香を焚《た》き始めた。BGMはピンクフロイドの〝Dark Side Of The Moon―狂気―〟。静けさの中に激しい情熱を秘めた旋律《せんりつ》が、広い和室に響く。

麻衣の華奢な肩が微かに揺らぎ始めると、雨継は自分の前に小さな青銅鏡を置き、薄笑みを浮かべた。お香の煙が広がり、部屋に桜の薫りが満ちてゆく。雨継は古ぼけた鏡に向かって、呪文を唱え始めた。

「キメラ、汝の封印した欲望を解き放て！
臨《りん》、兵《びょう》、闘《とう》、者《しゃ》、皆《かい》、陳《じん》、列《れつ》、在《ざい》、前《ぜん》。
淫《いん》、美《び》、蕩《とう》、猥《わい》、色《しき》、艶《えん》、妖《よう》、挿《そう》、濡《にゅう》。
ナウマクサンマンダバザラダンカン。
急急如律令《きゅうきゅうにょりつりょう》」

ピンクフロイドの音楽と融《と》け合い、雨継の呪文が麻衣の耳に流れ込んでゆく。麻衣は大きく息を吸い込み、そしてゆっくりと吐き出す。彼女の睫毛《まつげ》は震えていた。

「臨、兵、闘、者、皆、陳、列、在、前。

淫、美、蕩、猥、色、艶、妖、挿、濡。

ナウマクサンマンダバザラダンカン。

急急如律令」

雨継が呪文を続けると、麻衣は胸苦しそうに息遣いが激しくなってきた。それは、喘《あえ》いでいるようにも聞こえた。

「ううううんっ……あぁっ……はぁあっ」

麻衣の変化を見ながら、雨継はほくそ笑む。彼は呪文の声と速度をパワーアップした。

「ふううっ……あっ、あっ……ああああっ」

麻衣が身を捩《よじ》って悶《もだ》え始める。陰陽師の呪文、ピンクフロイドの神秘的な音楽、そして麻衣の濡れるような喘ぎが入り混じり、和室に響き渡る。すると蠟燭の炎が大きく揺らぎ始めた。

「淫、美、蕩、猥、色、艶、妖、挿、濡。

ナウマクサンマンダバザラダンカン」

陰陽師の呪文がいっそう激しくなる。するとどこからか、今度は笛の如き音が流れてきた。和太鼓の音も聞こえてくる。和室の中に、煙が立ちこめ始めた。白くもうもうと立ち上り、そして徐々に薄紫、紫と色彩が変化してゆく。

「淫、美、蕩、猥、色、艶、妖、挿、濡。

ナウマクサンマンダバザラダンカン」

立ちこめる紫の煙に、一すじの光が降り注ぐ。すると徐々に煙が消え失せ、中から男が現れた。後光が差しているかのように、全身が輝いている。

「麻衣……待たせたな」

男は低い声でそう言い、麻衣の前に立ちはだかった。麻衣は瞑《つむ》っていた目を開き、恍惚《こうこつ》の表情で男を見上げた。

「雪之丞《ゆきのじよう》様、お会いしとうございました」

麻衣は目を潤ませ、男の足にすがりつく。雨継の呪文で出てきた男は、江戸時代の二枚目歌舞伎役者・片岡《かたおか》雪之丞に瓜《うり》二つだった。雪之丞は麻衣の黒髪を撫《な》で、端正な美しい顔に妖しい笑みを浮かべた。

麻衣はもともと占いに興味があって雨継のもとに通うようになったのだが、ここ半年ほどはこの雪之丞に会うことが目的になっている。歌舞伎好きの麻衣に、ある時、雨継が不意に言ったのだ。

「式神《しきがみ》を使って、歌舞伎役者を呼び出してみましょうか。誰か会ってみたい役者はいますか?」

式神とは陰陽道の一つで、麻衣もそれを知っていた。人や動物の形にかたどった半紙に生命を吹き込み、自由自在に出現させたり消滅させたりするものだ。雨継の話は、麻衣の好奇心を刺激した。歌舞伎役者に会いたいというだけでなく、式神の儀を間近で見てみたかったのだ。麻衣は少し考え、答えた。

「江戸時代に物凄い人気だったという、片岡雪之丞に会ってみたいですわ。なんでも彼が舞台に出る時は、江戸中の女性が押し掛けたとか」

現代の役者ならば舞台を観《み》に行けば会えるので、せっかくだからと江戸時代の役者を指定した。はるか昔の故人を本当に呼び出すことができるか、雨継の腕を試してみたいと思うところもあったのだ。

そして雨継は、麻衣の希望どおり、式神によって片岡雪之丞を現してみせたのである。

雪之丞は妖艶を通り越した凄艶な色男で、麻衣はすっかり彼に骨抜きにされてしまった。

それ以来、麻衣は雪之丞の〝美の快楽〟がクセになってしまい、それを求めて雨継のもとを訪れているのだ。

「雪之丞様……ああ、なんてお美しい……。これは夢なのでしょうか……それとも現《うつつ》なのでしょうか……。いえ、どちらでも構いませぬ……。雪之丞様……今日も私を可愛がってくださいませ」

麻衣は魔法にでも掛かったような、トロリとした目をしている。雪之丞は麻衣の白い首筋を撫でながら囁いた。

「ふふ……麻衣のほうこそ美しいではないか。なんだか一段と艶っぽくなったように見えるぞ。さては……夫の子供でも身ごもったか」

麻衣は雪之丞の足にしがみつき、いやいやと首を振った。

「夫との子供などほしくありません。私、雪之丞様の子供を身ごもりたいのです……」

小鼻を膨らませて、麻衣は生々しいことを口にする。雪之丞は麻衣の乳房を、着物越しにぐっと掴んだ。

「あああっ」

愛しい男に乳房を鷲《わし》摑みにされ、麻衣が思わず喘ぐ。雪之丞は麻衣の乳房を揉みながら言った。

「ふむ。妊娠してはいないようだな。私の子供を身ごもりたいなど、お前はまことに可愛い女だな、麻衣」

「ゆ……雪之丞様……ああっ……か……感じてしまう……んんっ」

雪之丞に乳房を愛撫され、麻衣は悩ましい声を上げて悶える。身体が疼《うず》き、雪のように白い肌が色づく。

「麻衣、今日の俺は、どの芝居の誰に扮《ふん》しているか分かるか?」

雪之丞は麻衣の乳房をたっぷり弄《いじ》ると、手を彼女の首筋そして頬へと滑らせる。絶え間ない愛撫に吐息を漏らしつつ、麻衣はうっとりとした表情で雪之丞を見つめ、答えた。

「はい……『桜姫東文章《さくらひめあずまぶんしょう》』の釣鐘権助《つりがねごんすけ》でございます。ああ、雪之丞様が権助なんて、ピッタリですわ。雪之丞様も権助も、どちらも色香匂い立つ魔性の男……たまりません。雪之丞様が権助なら、私も桜姫になりたい……」

麻衣は身悶えし、雪之丞にすがりつく。結《ゆ》った黒髪は、微かに乱れていた。

『桜姫東文章』とは鶴屋南北《つるやなんぼく》作の芝居である。良家の娘である桜姫が、釣鐘権助という強盗に押し入られ、乱暴されて妊娠し、彼の子供まで産んでしまうという話だ。酷《ひど》い目に遭《あ》わされたにも拘《かかわ》らず、桜姫は権助のことが忘れられなくなってしまう。再会しても彼の言いなりになり、喜々として遊女にまで身を落とすのだ。女の業と男の魔性が複雑に絡み合った、歌舞伎の名作である。そして雪之丞は、その稀代《きだい》の色男である釣鐘権助の衣装を纏い、彼になりきっていた。

「なんだ、麻衣。そんなに興奮して。お前も権助のような男に惹かれるのか？　自分に乱暴した男を忘れられなくなってしまう気持ち、お前にも分かるのか？　麻衣にもその願望があるのかもしれないな。ふふ……じゃあ、今日は少し手荒にしてやるか」

雪之丞は麻衣の腕を摑んで立ち上がらせると、釣鐘権助の如く、彼女の帯を強く引っ張った。

「あああっ」

麻衣は独楽《こま》のようにクルクルと回り、平衡を失って畳に倒れた。着物は乱れ、白い襦袢《じゅばん》が見えてしまっている。雪之丞は薄笑みを浮かべたまま、黒い着流しの姿で、麻衣の前に仁王立ちになった。そして麻衣の加賀友禅の着物を毟《むし》り取り、襦袢姿にして、再び乳房を荒々しく摑んだ。

「はああっ……雪之丞様……んんんっ……」

着物越しに弄られるより、いっそう感じてしまい、麻衣は細い身体をくねらせて悩ましく喘ぐ。乱れた胸元から、白い乳房が少し覗いている。彼女の乳房を揉みながら、雪之丞も息を荒らげた。

「麻衣……お前があまり色っぽいから、俺も感じてきたよ。……ほら」

雪之丞はそう言って、股間を麻衣の顔へと突き出した。雪之丞の股間は猛り、着物を押し上げている。それを見て麻衣は艶《なまめ》かしく微笑み、膨らんだ部分へとそっと唇を寄せた。

「雪之丞様……素敵……」

麻衣は囁きながら、雪之丞の着物を捲《まく》り、彼の股間を露《あら》わにした。雪之丞の竿は猛り、赤い褌《ふんどし》に染みを作っている。

「雪之丞様……んんっ……」

麻衣は彼の股間に顔を寄せ、褌の染みまで愛しそうに舐《な》める。雪之丞は薄笑みを浮かべ、麻衣を見下ろしていた。

「麻衣はそんなに俺の股間が好きか？　ん？　じゃあ、たっぷり奉仕してくれよ」

雪之丞は褌を外し、麻衣の美しい顔に股間を押しつけた。彼の男根を見て、麻衣は小鼻を膨らませ、瞳を潤ませた。雪之丞の男根は、それは大きく逞《たくま》しく、黒光りをしている。彼の猛る竿で顔を叩かれ、麻衣は恍惚とした。男臭い竿の匂いに、麻衣は全身が痺れてゆく。

「はい……御奉仕させていただきます……ああ、これを待っておりました……」

麻衣は震える声で言うと、雪之丞の男根を口に咥《くわ》えた。少ししょっぱい味が口の中に広がり、麻衣の性感を刺激する。麻衣の白い襦袢にも、溢れ出る愛液が染みていた。

「ううん……美味しい……雪之丞様……とっても美味しゅうございます……ふううっ」

麻衣は竿に舌を絡ませ、ねっとりまったりと動かす。愛しさを込めて、隅々まで丁寧に舐めた。

「ううっ……麻衣……上手だな……気持ちいい……くううっ」

雪之丞は快楽に呻《うめ》き、麻衣の顔を摑む。彼の男根が自分の口の中で肥大するのが嬉しく、麻衣は夢中で舌を動かした。亀頭を咥えて先端を舐め回したかと思うと、竿全体を口に含んで舌を這《は》わせる。麻衣は雪之丞の男根に唾液をたっぷり塗《まぶ》すと、首をゆっくりと動かして、ぽってりとした唇で竿を擦り始めた。

「麻衣……悪戯《いたずら》な口だな……くううっ……」

肉厚の唇の感触に、雪之丞は悶絶する。麻衣は肉棒を頰張り、舌で舐め回しつつ、唇で擦り上げる。

「美味しい……んんっ……ふううっ」

昂ぶり、麻衣の口の動きがいっそう速くなる。彼女のはだけた胸元には汗が滴っていた。

麻衣の熱烈な口淫に耐えきれなくなったのだろう、雪之丞は彼女の顔を摑み、イラマチオをするが如く腰を動かし始めた。

「ううっ……まったり蕩けて……本物のあれみたいだ……ぐううっ」

雪之丞は快楽に呻きながら、麻衣の口に男根を激しく出し挿《い》れした。

「ふううっ……んんんっ」

麻衣は息苦しさをこらえ、ひたすら雪之丞の竿を口で受け止めた。彼の男根ははち切れそうなほど膨れ上がり、麻衣は顎に痛みを覚えた。彼女が怒張した男根の先端を舐めた時、雪之丞は勢い良く射精した。麻衣の口いっぱいに、彼の精液が飛び散る。

「くううっ……麻衣……ううううっ」

雪之丞は射精の快楽に、大柄な身体を震わせる。麻衣も鼻息を荒らげ、彼の精液を口で受け止めた。そして彼女は、それを難無く飲み込んだ。

「まことに……美味しゅうございます……雪之丞様……」

雪之丞の精を飲み干した麻衣は、いっそう艶かしく、肌が透き通るばかりに輝いている。そんな麻衣を見つめ、雪之丞は満足げに笑った。

麻衣と雪之丞は、二人の世界に入り込んでいた。

雪之丞は麻衣を押し倒すと、長襦袢の胸元をはだけさせた。小ぶりだが、形の良い乳房が露わになる。華奢な鎖骨の下、二つの膨らみが、麻衣の呼吸に合わせて揺れた。雪之丞は麻衣の乳房を撫でながら、囁くように言った。

「張りがあって、手に吸いつくようなモチ肌だ。麻衣、お前の身体は、会うたびに美しくなっているぞ」

雪之丞の愛撫に、麻衣は身をくねらせ恍惚とする。彼のしなやかな手の動きが、麻衣を蕩けさせるのだ。

「雪之丞様にお会いしているからですわ……この逢瀬《おうせ》のときめきが……私を変えているのでしょう」

麻衣はうっとりとした表情で答える。彼女の全身は、熱く疼いていた。

雪之丞は麻衣の答えに満足したように頷き、彼女の身体に手を滑らせる。雪之丞の大きな手で愛撫され、麻衣の背中が反《そ》り始める。

「あああっ……うんんっ……」

乳房を揉まれ、麻衣の乳首が勃《た》つ。めくるめく官能の中、少しの刺激でも、麻衣の身体は敏感に反応する。雪之丞は彼女を全裸にはせずに、長襦袢をはだけさせたまま、愛撫を続けた。

「麻衣の肌は真っ白で、実に滑《なめ》らかだ。スベスベで……触れているだけで、感じてしまうよ」

雪之丞の手が、麻衣の乳房を、首筋を、鎖骨を、腕をまさぐる。静かな愛撫に、麻衣の身体は弓なりになり、腰が浮き始める。それは、女が無意識の内に発している、受け入れ態勢が整ったことの合図だ。麻衣の肉体の変化を眺めながら、雪之丞は薄笑みを浮かべた。

雪之丞は手を麻衣の下半身へと滑らせ、まだ襦袢に覆《おお》われている尻や太腿《ふともも》を撫でる。そっと触れられただけでも、麻衣はまるで白蛇のように悩ましく身をくねらせた。

「あああっ……感じる……あああん」

麻衣の愛らしい口から、艶やかな喘ぎが漏れ始める。彼女の腰がさらに浮き、太腿が開いてゆく。

「麻衣……お前、色っぽい顔をしているぞ。ぽってりとした唇が半開きになって、白い歯の間から、赤い舌がチラリと見えている。大きな瞳は、濡れているように潤んでいるね。乳首もこんなに勃たせて……。お前のような楚々とした美女の淫らな姿というのは、実にそそるな……ふふふ」

雪之丞に低い声で囁かれ、麻衣は身を微かに震わせる。彼女の額とうなじにも、汗が滲《にじ》んでいた。

「ああっ……恥ずかしい……雪之丞様……ダメです……はあぁっ」

頰を染める麻衣を見下ろし、雪之丞はニヤリと笑った。

「なに？ ダメだと？ いったい何がダメなんだい？ お前の口はうるさいね。少しおとなしくしてなさい」

雪之丞はそう言って、袖から手ぬぐいを取り出し、それで麻衣の愛らしい口を塞《ふさ》いでしまった。

「んんっ……んんんっ」

声が出せず、麻衣は不安そうな表情になる。少し怯《おび》えている彼女を見つめ、雪之丞は目を光らせた。そして再び麻衣を愛撫した。

「麻衣……お前はまことに美しい。全身、繻子《しゅす》のような手触りだ。乳首も綺麗だ……薄紅色でツンと尖って……。腰から尻に掛けての曲線も完璧だ。お前は上半身よりも下半身のほうがムッチリしてる。尻が豊かだから、胴のくびれがいっそう目立つんだ。まさに男を惑わす、男殺しの肉体だ……」

雪之丞に甘い言葉を囁かれ、喜びと羞恥《しゅうち》が融け合った快感が、麻衣の身体を走り抜ける。褒められるのは嬉しいが、じっくりと眺められるのは全身に汗が滲むほど恥ずかしい。

「ふううっ……んんっ」

麻衣の激しい息遣いで、口を塞いだ手ぬぐいが少しずつずれてゆく。雪之丞は彼女の尻と太腿を、ゆっくりとさすった。

「うん？　腰が浮いてるぞ。ほしくなってしまったかい？　……あ、襦袢が少し湿ってる。お前の身体はよく熟れているなあ」

雪之丞のしなやかな手が、襦袢の中に滑り込む。彼の指が陰毛に触れた時、麻衣は身をブルッと震わせた。

「あああっ……あっ、あっ」

彼の手が尻を撫で、太腿に触れ、そして秘部へと伸びる。雪之丞に秘部を弄られると、麻衣はそれだけで達してしまいそうになるほど強い快楽を得るのだ。雪之丞は麻衣の割れ目を指でなぞり、薄笑みを浮かべた。

「よく濡れているな。もう……蜜が溢れ出ている。蕾《つぼみ》も……膨れているぞ。あ、凄い。俺の小指の先ぐらい、大きくなってる。コリコリして……ほら、見せてごらん」

雪之丞は麻衣の襦袢をはだけさせ、下半身を露わにした。

「あああっ……ふううっ」

滑らかな腹と、脂《あぶら》の乗った腰と尻が曝《さら》け出される。麻衣は頬を染めて喘いだ。

「腰が浮いて、太腿も開いているよ。『見て、触って』といわんばかりにね……ふふふ」

雪之丞は呟きながら、麻衣の秘部を執拗《しつよう》に弄った。込み上げる悦楽とともに、麻衣の足はさらに開いてゆく。

「んんっ……はあぁあっ」

麻衣の喘ぎと吐息で手ぬぐいはずれ、上唇が覗いていた。露わになった秘部をじっくりと見つめ、雪之丞は息を荒げて言った。

「美しい……まことに桜貝のようだ。艶やかで、濡れ光っている。蕾は珊瑚《さんご》色で、ぷっくりと膨らんでいるぞ。麻衣、お前は楚々としていながらも、こんなに淫らな部分を足の間に隠し持っているんだな。……あ、お前の桜貝から汁が垂れたぞ」

雪之丞は麻衣の秘部へと指を伸ばし、愛液を掬《すく》った。そして、その匂いを吸い込んだ。

「うむ。お前の汁は、実に良い香りだ。果実と花と麝香《じゃこう》を混ぜ合わせたような、甘く淫蕩な匂い。男を掻き立てる……」

雪之丞は指をそっと舐め、再び麻衣の秘部へと滑らせた。溢れ出る蜜が、彼の指に絡みつく。雪之丞は花びらを押し広げ、中指を挿入していった。

「はああっ……んんんっ」

麻衣が腰を浮かせ、ますます弓なりになる。

「ああ……生暖かくて、よく蕩けている。麻衣のここ、俺の指をキュウッと締めつけるよ。凄い……」

肉壷をゆっくりと掻き回しながら、雪之丞が囁く。麻衣は快楽に陶酔し、彼の指を奥深く咥え込んで、腰を蠢《うごめ》かせた。

「蕾も大きくなってるね。麻衣の乳首も蕾も、淫らに突起している。ほら……どうだい」

雪之丞は右手で麻衣の女陰を愛撫し、左手で乳首を弄った。麻衣の襦袢は乱れ、腰紐でどうにか留められているだけで、いまや上半身も下半身も露わだった。

「ああっ……気持ちいい……」

麻衣の荒い息遣いで、口元から手ぬぐいが滑り落ちる。彼女の白く細い身体は、快楽で輝いていた。雪之丞は右手の中指と人差し指を花びらの中に入れて、ゆっくりと掻き回した。そして親指で蕾を、小指で菊座を優しく擦った。

「雪之丞様……ああっ……イッてしまいそう……あああっ」

雪之丞の指遣いに合わせ、麻衣は腰を動かして悦びを貪る。蛇のように身をくねらせる彼女の姿を眺めながら、雪之丞の下半身もいきり勃っていた。

「麻衣、気をやってごらん……思いきり……さあ、達してみろ！」

雪之丞の指遣いが激しくなる。彼のしなやかな指の感触が、秘肉にたまらなく心地良い。二本の指で花びらを掻き回され、蕾と菊座を擦られ、乳首を摘まれながら、麻衣は達してしまった。

「あああっ……ああっ」

麻衣は全身に汗を滲ませ、秘肉を緊縮させる。珊瑚色の蕾もピクピクと痙攣《けいれん》した。清楚な人妻の淫蕩な姿にたまらなくなったのだろう、雪之丞は着物を捲り、怒張する股間を露わにした。そして虚《うつ》ろな目で恍惚としている麻衣へと伸《の》し掛かり、彼女の足の間へと腰を入れた。

「麻衣……可愛い女だ……色っぽいぞ……」

雪之丞は囁きながら、麻衣に接吻《せっぷん》し、紅い唇を吸った。

「雪之丞様……ううんっ」

麻衣は雪之丞の首に腕を回し、舌を絡ませた。麻衣は股間に、男根の熱い息吹を感じていた。

雪之丞が、花びらの入り口に竿の先を押し当てた。麻衣は吐息を漏らし、黒い瞳を潤ませる。愛しい彼の男根を咥え込みたくて、一度達したにもかかわらず、麻衣の女陰は強く疼いていた。雪之丞は猛る肉棒で、麻衣をゆっくりと貫いていった。

「あああっ……ああっ」

桜の香が煙る和室に、麻衣の歓喜の声が響く。麻衣は雪之丞の逞しい男根を咥え込み、彼に足を絡ませ、悶えまくった。桜の香を嗅ぐと、性感がいっそう刺激されるようだった。

「麻衣……素敵だ……よく蕩けて……よく締めつける……くううっ」

雪之丞は猛る肉棒で、麻衣の女陰をゆっくりと奥までえぐる。

「雪之丞様……大きい……ああん、もっと……もっと……突いて……そして出して……私の中で……貴男の子供がほしいの……あああっ」

麻衣は乳首を突起させ、雪之丞にねだる。麻衣の肉壺の中ではミミズのような襞がざわめき、雪之丞の男根に絡みついていた。二人は激しく抱き合い、夢中で腰を揺さぶり合った。

麻衣の肉体を貪り尽くすと、雪之丞は「また会おう」と告げ、悩ましい笑みを浮かべたまま、紫の煙の中へと消えていった。官能の嵐の後、麻衣は虚ろな目で、雪之丞が消え去ってゆくのを眺めていた。雪之丞の感触が、匂いが、麻衣の素肌に生々しく残っていて、彼女の乳首は暫く硬く尖ったままだった。

麻衣が天龍邸を去る頃には、夕暮れになっていた。身だしなみを整え、秘儀を愉《たの》しんだ和室を離れて玄関に向かう間、麻衣は小声で自問自答した。

「あの秘儀は、幻覚なのかしら、それとも本当の出来事なのかしら……」

絵画を取り戻せ！

夏美と冬花は、自宅マンションでダンスのレッスンに励んでいた。春野邸は、リビング・夏美と冬花それぞれの部屋・キッチン・庭のほかにもう一つ部屋があり、そこをトレーニングルームにしているのだ。スポーツクラブ同様に、壁一面が鏡になっていて、マットやダンベルやエアロバイクやウォーキングマシーンなども置いてあった。

「はい、右にターンして、ジャンプ！」

二人はマドンナやビヨンセの曲に合わせ、夢中で踊る。今日のレオタードの色は、夏美はローズピンク、冬花はエメラルドグリーンだ。ハイレグカットの刺激的なデザインのものも、二人は粋《いき》に着こなしてしまう。

夏美と冬花はレオタードに汗を滲ませ、足を上げ、腰をひねり、胸を揺らして、ダンスに励んだ。

レッスンを一通り終え、彼女たちはリビングへと戻り、ソファに腰掛けて水を飲んだ。

「ああ、楽しかった」

「身体を動かした後のお水は、最高に美味しいですわね」

汗を拭きつつ水分補給をしていると、夏美の携帯電話が鳴った。掛けてきたのは、中条清高だった。

「さっきから何度も掛けていたんだよ。なかなか通じなかった」

中条は少し怒っているようだった。

「あ、申し訳ありません。色々と立て込んでおりましたもので」

ダンスに夢中で携帯電話など気に留めていなかったなどということは、言わずにおく。

中条は「まあ、いい」と機嫌悪く言い、切羽詰まっているかのような声で話した。

「たいへんなことになった。君たちに盗んでもらったクリムトの絵がなくなったんだ」

「ええっ！　あの絵、また誰かに盗難されたということですか？」

夏美も驚き、声を荒らげる。聞き捨てならないといったように、冬花も身を乗り出した。中条は声を押し殺しながら言った。

「いや……盗難に遭ったということではない。君たちも知ってるように、我が家は防犯対策は万全だ。誰かが忍び込んだような形跡はまったくない」

夏美が息を呑む。中条は続けた。

「つまり、あの隠し部屋のことを知っていて、俺以外にそこに自由に出入りできる誰かが、あの絵を持ち出したということだ。ということは一人しかいない。麻衣だ」

「奥様が……いったい、どうして持ち出したのでしょう……」

中条は一呼吸置いて、言った。

「俺の勘というか、それしかないと思うのだが、おそらく麻衣は陰陽師のところへ絵を持っていったのだろう。お布施のつもりでね。……恥ずかしいことに、麻衣はそれほど天龍雨継にハマってしまっているのだよ。まるで、占い師と客という関係を超え、新興宗教の教祖と信者の如き関係のようにも見える。とうとう金だけでなく、俺のコレクションまで持ち出すようになってしまったということだ」

「なるほど、新興宗教の教祖と信者の如き関係、ですか。正気を失ってしまうほど、雨継にハマっているということですね」

夏美はそう言って、水をまた一口飲んだ。

「いや、俺もよくは分からないけれどね。雨継と麻衣の関係が、教祖と信者のようなものなのか。それとも、その、男と女のそれなのか。……まあ、今はそんなことより、絵画を取り戻すほうが先だ！　君たち、お願いだ。雨継のところに潜入して、あの絵を取り戻してきてくれ！　御礼はじゅうぶんさせてもらうよ。あの絵の盗難届はまだ出されてないが、もし盗まれたことが発覚してニュースになったら、一大事だ！　雨継が警察に喋って、絵の出所が分かりでもしたら、俺が危ない」

「中条様だけでなく、盗んだ私たちも危ないですわ」

夏美の言葉に、冬花も眉を顰《ひそ》める。

「そういうわけだ。御礼はたっぷりするから、どうかあの絵を取り戻してくれ！　盗難届が出される前に、一刻も早く！　俺と君たちの危機だ、頑張ってくれたまえ！」

中条は繰り返し言い、電話を切った。夏美は腕を組んで唇を尖らせた。

「困ったことになったわ。彼の奥様が、あのクリムトの絵を、陰陽師のところに持っていってしまったみたい。まったく、バカなことをしてくれたわね」

冬花も溜息をついた。

「盗難届が出されていないのが、救いですわね。ホテル・タジオの警備員やスタッフは、まだ気づいてないようですもの。ま、それも鈍すぎますけど、鈍くていらっしゃるほうが、私たちは助かりますわね」

「私たちがした、絵のすり替えと、警備室の防犯ビデオテープのすり替えが、上手くいったってことよね。しかし……警備員たちは睡眠薬入りのお菓子を食べて眠ってしまった後、起きても本当に何も疑わなかったのかしらね。『なんで急に眠くなったんだろう』って思うわよね、普通。それも皆で眠ってしまったのだから。お菓子を持ってきたのは、謎の美女だし」

夏美が妹をチラリと見る。冬花は薄笑みを浮かべ、返した。

「『変だな』って皆さん思ったでしょうが、防犯ビデオのテープを何度見ても、何も映っていない、変わったことが起きていない。それならば、騒ぐわけないではありませんか。見知らぬ女にそそのかされて、お菓子を何の疑いもなく食べてしまったのですもの。警備員として、どうかと思うような行為ですわ。そんな自分たちの落ち度、できれば隠しておきたいと思うはずですもの。自ら警察沙汰になど、するわけありませんわ」

妹の説明に、夏美は大きく頷いた。

「そう、そのとおりね。つまりは警備員たちも、なるべくなら大事にしたくないわけよね。だから、静かにしているのでしょう。……でも、目の利く誰かが、絵がすり替わっていることに気づいたら、一巻の終わりよ！　早く絵を取り戻しましょう。雨継の家に潜入するのよ！」

夏美はヤル気満々で、鼻息が荒い。冬花は一瞬口をつぐみ、足を組み直して、姉に訊ねた。

「ところで……雨継の家って、どこにありますの？」

二人は顔を見合わせ、首を傾げた。

天龍雨継がどこに住んでいるのか、中条に電話を掛け直して訊いてみたが、彼も分からないようだった。

「絵について麻衣に問いただしてみたが、いくら訊いても『知らぬ存ぜぬ』だ。さすがに殴ってやろうかと思ったが……それで怒ってプイと出て行かれでもしたら……辛《つら》いからな」

麻衣はどうやら中条のアキレス腱のようだ。中条は続けた。

「雨継の居場所を麻衣にそれとなく訊いても、『内緒です』とか『私もよく分かりません。いつもお弟子の方が迎えにきてくださって、車で連れて行かれますので』と言うばかりだ。俺も色々調べてみたのだが、あの天龍雨継という男は、本当によく分からん。事務所を持っていて、占いの仕事を引き受ける時や、テレビや雑誌などに出演する時は、そこを通じて話を進めるらしい。だが、その事務所は日本橋のマンションの一室で、電話番が一人いるぐらいの小さなところだそうだ。だから、麻衣がそこで雨継に会っているとは考えにくい」

本当に困ってしまっているのだろう、中条の声は沈んでいる。夏美が訊ねた。

「では雨継にコンタクトを取りたい時は、その日本橋の事務所に連絡すればいいということですか？」

「うん、それしか方法がないみたいだ。雨継に接近するには、事務所に連絡して、占いや呪術の依頼をするのが一番早いかもしれない。しかし、その方法だと、予約がすぐ取れるかどうか分からないが……。雨継は人気があるみたいだからね」

受話器の向こうで、中条が溜息をつく。夏美は力強く言った。

「了解しました。その方法で雨継に近づいてみます。それが一番早いし……そのやり方でしか、彼の居場所は摑めないように思いますので。彼のもとから必ず絵は取り戻してみせますので、どうぞお任せください」

夏美が電話を切ると、今度は冬花が達郎に連絡した。達郎もやはり雨継の住んでいる場所までは知らなかった。

「雨継に近づくには、その事務所に連絡して占いを依頼する方法が一番いいだろうなあ。確実に会えて、話せるだろうからね。パーティーで接近したりとか、待ち伏せして車で後をつけるとかよりは、ずっと確かだと思う。どうも雨継ってのは、一筋縄ではいかない、クセのある男みたいだからね。変に小細工《こざいく》すると見破られるだろうから、きっかけは正攻法で摑んだほうがいいと思うよ」

「アドバイスありがとうございます。では、やはり正攻法でやってみますわ」

冬花が言うと、達郎は咳払いをして訊ねた。

「それで……えっと、雨継に会いに行くのは、冬花さんの役目なのかな。それとも夏美さん？」

達郎の問いに、冬花は小首を傾《かし》げて答える。

「あ、それはまだ、どちらか決めていませんの……」

すると夏美が、受話器の向こうの達郎にまで聞こえるような大きな声で言った。

「私が雨継に会いに行くわ！　絵を取り返すだけでなく、可能であれば家の中を探って、金目のものを頂戴してくるわよ！　彼、ぼろ儲けしてるみたいだからさ！」

そして夏美は雨継に宣戦布告するように、高らかに笑った。彼女の声が聞こえたのだろう、達郎は冬花に言った。

「お姉さんが行くことになったみたいだね。安心した」

冬花はクスクスと笑って、返した。

「ええ。お姉さま、すっかりヤル気になっているみたいですから、お任せしようと思いますわ」

冬花が電話を切ると、夏美は強い口調で言った。

「ふん。雨継って男、パーティーの時から気に食わないって思ってたのよ。なによ偉そうに、って。……見てなさい。絵は絶対に取り戻してみせるわ。そして、あいつからも何か奪い取ってやる。ギャフンと言わせてやるから！」

雨継にコケにされたのがよほど悔しかったのだろう、夏美はリベンジに燃えている。そんな姉を見つめ、冬花は微笑んだ。

「お姉さま、頼もしいですわ。是非、雨継の居場所を突き止めてくださいませね。居場所さえ分かれば、その場で盗むことができなくても、また後日潜り込めますから。お願いいたします」

夏美vs.雨継、妖しい対決

占いの予約はなかなか取れそうになかったので、夏美は辻村社長に連絡し、甘い声でねだって、彼の予約を譲ってもらった。そして中条からの電話の三日後、夏美は雨継のもとへ向かうことになり、東京駅へと行った。

「八重洲《やえす》口にいらしてください。お迎えにあがります」

雨継の事務所に連絡すると、スタッフにそう言われたのだ。午後一時、夏美は指定された場所に着いた。すると黒塗りのベンツが前に止まり、袴姿の男が降り立った。

「春野夏美様でいらっしゃいますね。私、天龍雨継様の弟子の、小笠原《おがさわら》善三と申します。お迎えに参りました。さ、お乗りください」

善三に礼儀正しく挨拶され、夏美は躊躇《ためら》うことなくベンツへと乗り込んだ。善三とは別に、運転手がいて、その男も袴姿だった。彼は「影雲《かげくも》」と名乗った。夏美と善三は一緒に後部座席に座り、車はすぐに滑り出した。

「ようこそおいでくださいました。本日はどうぞよろしくお願いいたします」

善三は柔らかな口調で言い、穏やかな笑みを浮かべた。車の中にはクラシック音楽が流れ、花のような甘く優しい香りが漂っていた。

「迎えにきてくださって、こちらこそありがとうございます。よろしくお願いしますね」

夏美も丁寧に返し、足を組んだ。初夏の午後、煌《きら》めく街を、車は通り抜けてゆく。雨継の弟子の二人は礼儀正しくはあるが口数少なく、夏美はそっと欠伸《あくび》を嚙み殺した。

「車で迎えにきてくださるのは、初回だけなのでしょう？　場所が分かったら、二度目からはタクシーなどでお伺いしてもよろしいのかしら」

夏美は、さりげなく訊いてみた。

「いえ、初回だけではありません。毎回、お迎えにあがります。それが私どもの決まりとなっておりますので」

善三の答えに、夏美は目を丸くした。

「あら、毎回お迎えにきてくださるの？　でも、何度も通っている馴染みのお客様には、そのようなことはなさらないでしょう？　雨継氏には顧客が多くいらっしゃると聞きますから、どのお客様をも送迎するってたいへんではありませんか？」

「いえ、送迎させていただくことは当然と思っております。馴染みのお客様、お得意様、どなたも毎回必ず送迎させていただいております。また、お電話でもお話ししましたが、私どもが出張することもございまして、その場合はお客様に御指定いただきましたところにお伺いいたします。御自宅やホテルの一室などのほうが御都合が良い、という場合です。東京近辺だけでなく、北海道から沖縄まで、韓国、中国、ハワイ、ロス、スリランカにまで出張したことがございます」

善三は淡々と丁寧に話す。

「徹底したサービスですね。顧客が多いというのも分かりますわ。……ところで、あとどれぐらいで到着するのかしら。場所は都内ですわよね？　それほど掛からないかしら」

夏美は優雅な笑みを湛えたまま、なにげなく場所を聞き出そうとする。

「ええ、それほど掛からないと思います。……きっと、あっという間に着くのではないでしょうか」

善三の顔に、微かな笑みが浮かんだ。

「そう。やはり都内ってことね。事務所が日本橋だから、その近くなのかしら」

夏美はそう言って、また欠伸《あくび》を噛み殺した。

「眠くていらっしゃいますか？」

善三が訊ねる。夏美は長い髪を掻き揚げて、言った。

「いえ、大丈夫です。このお車、とても居心地が良いから、リラックスしすぎてしまうのかも。香りもいいし、音楽も素敵だわ。流れているのは、誰の曲なのかしら。私、クラシックには疎《うと》いけれど、良い曲というのは分かるわ。上品で、心がとても癒《いや》されるの……」

善三は夏美の横顔を見つめ、答えた。

「この曲は、マーラーの交響曲第一番『巨人』を、雨継様がアレンジなさったものです。雨継様作『巨人』のパラフレーズというわけですね。雨継様は、音楽も趣味でいらっしゃいますので」

夏美はまたも驚いたように言った。

「ええっ、マーラーの曲を雨継氏が編曲したものなの？　凄い、あの人、そんなこともできてしまうのね……」

「そうでございます。ほかにも雨継様がアレンジなさった曲はたくさんございますので、お帰りの時も是非お聞きになっていただきたく思います。なにぶん、雨継様がアレンジなさっておりますので、色々な効果がございますから……」

その時、善三の目が妖しく光ったが、夏美は気づかなかった。強い睡魔が襲ってきて、意識が朦朧《もうろう》とし始めたからだ。車が今どこを走っているのかもよく分からなくなっている。目を開けていることができずに、塞《ふさ》がってしまう。夏美は意識を失い、後部シートにぐったりともたれ込んだ。

夏美が気づいた時には、目隠しをされて後ろ手にきつく縛られていた。目が見えぬ恐怖に、夏美は叫んだ。

「な……何をするのよ！　貴方《あなた》たち、本当に雨継の弟子なの？　こんな犯罪者みたいなことをするなんて……」

夏美の唇が震える。頭は痛くなかったが、微かな痺れのようなものが残っていた。善三の声が聞こえた。

「御安心ください。私どもはまことに天龍雨継様の弟子でございます。車も雨継様のところへと向かっております。まもなく到着いたします。目隠しをさせていただきましたのは、雨継様の御希望で、居場所を知られたくないからなのです。雨継様はプライベートにずけずけと入ってこられることを、酷く嫌う方です。どなたにも、御自分の住所を教えたくないのです。それゆえ、どのお客様にも、送迎の時は毎回このように目隠しをしていただいております。また目隠しを外すことができませぬよう、手も拘束させていただいております。春野様だけにしたことではありませんので、どうぞ御了解ください」

善三の説明に、夏美は釈然とせずに声を荒らげた。

「どのお客様にも……って、貴方たち、本当にこんなことをお得意様にもしているっていうの？　それも毎回？　こんなことをされてまでも、皆、雨継のもとへ占いや呪術を頼みに行くということなの？」

「はい、仰るとおりでございます。どのお客様も皆様、目隠しをされて拘束されてまで、雨継様にお会いになりたがるのです。初めは文句を仰る方もいらっしゃいますが、雨継様にお会いになりますと、どなたもおとなしくなられ、私どもの言うとおりにしてくださるのです」

善三は淡々と話したが、その冷静さがいっそう不気味だった。夏美は呼吸を整えると、押し殺した声で言った。

「つまり……雨継はそれだけの人間だというの？」

「ええ、そういうことでございますね」

善三はやけにハッキリと答えた。

音楽は止まっていた。香りも、空気を入れ替えでもしたかのように消えてしまっている。車の中は冷房がよく効いているが、夏美の額には汗が滲んでいた。夏美は唾を飲み込み、再び訊ねた。

「もしかして、雨継がアレンジしたという音楽、あれに催眠効果があったのではないわよね。……いくらなんでも、そんなことまでできるわけないわよね」

彼女の問いに善三は何も答えない。視界を遮《さえぎ》られているものの、夏美には彼の静かな笑みが目に浮かぶようだった。夏美は苛立《いらだ》った。

「ねえ、何か言いなさいよ！」

夏美が声を荒らげた時、車が止まった。善三は丁重な口調で夏美に言った。

「到着いたしました。春野様、申し訳ありませんが、目隠しと拘束は、家の中に入ってから外させていただきますので、もう暫《しばら》くそのままでお願いいたします。お手数ですが、私どもにつかまっていただいて、車を降りて家の中へと進んでください」

☆

夏美が目隠しと手の拘束を外された時、彼女は広い和室の中にいた。急に視界が明るくなって軽い目眩《めまい》を感じ、夏美はこめかみを手で押さえた。

「お疲れさまでした。これは精神疲労に効く漢方茶です。気つけの効果もあります。よろしければお飲みください」

善三は夏美に茶を出すと、部屋を下がった。夏美は奢侈《しゃし》な和室を眺め回しながら、気持ちを落ち着かせようと、何度も深呼吸をした。緊張が治まってくると、夏美はふと時計に目をやった。

「三時半を過ぎている……ということは、二時間半も車に乗っていたんだわ。ここは、東京駅から二時間半のところってこと？　ううん、それほど住所を知られたくないなら、同じ場所を何度も旋回してた可能性もあるわ。……いったい、ここはどこなのかしら」

夏美は小声で独りごち、そして大きな溜息をついた。

部屋に漂う静寂さが、時間と場所の感覚をいっそう不確かなものにする。夏美が再び溜息をついた時、雨継が入ってきた。

雨継は相変わらず独特の風格を湛《たた》え、威厳すら漂わせている。夏美は目が逸らせないかのように、雨継をじっと見つめた。彼女の頰にほんのり赤みが差す。

二人は向き合って座り、畏《かしこ》まって礼をした。

「初めまして。春野夏美さんですね。天龍雨継です。どうぞよろしくお願いいたします」

雨継が挨拶をすると、夏美の眉が少し動いた。

「お会いするのは初めてではありませんが……よろしくお願いいたします」

夏美が返すと、雨継は彼女をじっと見つめて「おや？」というように首を傾げた。

「どこかでお会いしたことがありましたっけ。私、会う人が多いもので……思い出せず、申し訳ありません。ここにいらっしゃったのは、初めてですよね」

夏美は髪を弄《いじ》りながら、唇を尖らした。自信家の夏美は、雨継が自分を覚えていなかったということに、プライドが傷つけられたのだ。

「ええ、ここにきたのは初めてです。貴方とは、先日パーティーでお会いしました。貴方、早く帰ってしまったから、御記憶にないのかしら」

口の利き方もぞんざいになってゆく。雨継はもう一度夏美をじっくりと見た。夏美は眉間に皺《しわ》を寄せ、彼を軽く睨んだ。

「ワインで乾杯しましたわ。辻村社長のお誕生パーティーで」

夏美にそこまで言われて、雨継はようやく気づいたようだった。

「ああ、あのパーティーの時の方ですか。これはこれは失礼いたしました。思い出しました。乾杯までしておきながら、うっかりしておりました。めんぼくない」

雨継はそう言って、頭を下げた。まったく悪びれもしない雨継に、夏美は苦笑した。

「私は貴方のこと、よく覚えていましたわ。だって注意されたんですもの。『マナーをご存じないようですね』って。驚きましたわ、パーティーで男性に注意されたなんて、初めてでしたから。御自分が言ったこと、覚えてます?」

夏美は正座しながら、腕を組んだ。彼女は今日も、胸元の開いた露出度の高い夏服を着ている。雨継はそんな夏美を一瞥《いちべつ》し、フフフと笑った。

「不愉快にさせてしまったなら、申し訳ありませんでした。私、パーティー自体が苦手でしてね。どのようなことを話していいのかも、戸惑ってしまうことがあるんですよ。確かにパーティーの席で注意などするのは無粋《ぶすい》ですね。失礼いたしました」

雨継は謝りながらも真に反省しているようにはまったく見えず、夏美は肩を竦《すく》めた。

「もう、いいですわ。終わってしまったことですから。でもパーティーが苦手と仰るわりには、色々な方々に囲まれてお話ししてましたよね。社交的な方と思いましたけれど」

「いいえ、私はあのように人が集う場所は苦手なのです。御招待を受けましたらなるべく顔を出すようにしてますが、仕事上の付き合いなので楽しむなどということはありませんね」

夏美は雨継を見つめ、姿勢を正した。

「なるほど、静かな場所がお好きなのですね。ここも、本当に静かだわ。東京なのかしら。それとも東京近郊なのかしら。……驚きましたわ、車の中で目隠しされて。ここの場所さえも人に教えるのが嫌なんですってね。それほど孤独がお好きなのかしら」

雨継は薄笑みを浮かべた。

「目隠しと手の拘束の件に関しましては、弟子から説明があったと思います。プライベートを人に知られたくないというのは、私のこだわりなのですよ。この家は仕事場としてだけでなく、住居としても使っておりますから。その私のこだわりを無視してプライベートに土足で入ってくるような方は、いくら御依頼されてもお断りしております」

雨継の言葉には「客を選んでいる」ような、カリスマ陰陽師としてのプライドが窺《うかが》えた。夏美は一呼吸置いて、言った。

「でも、そこまで厳重にすることがあるのかしら。こんなお屋敷なら、防犯も整ってらっしゃるでしょう? 住所が知られたぐらいで、どうってことないじゃない」

夏美は怯《ひる》まない。今日ここに乗り込んだのは、この場所を知るためだ。それでなければ、絵画を取り戻すために、後日改めて忍び込むことができない。この場で雨継を殴って気絶させ、屋敷の中を探って絵画を見つけ出す手もあるが、弟子もいるし、それは危険すぎる。運良く絵画を奪って脱出しても、もしここが山奥だったら迷ってしまって帰ることができなくなるかもしれない。夏美も危ない橋は渡りたくないが、おとなしく引き下がることもできない。彼女の目は据わっていた。

しかし雨継は、そんな真剣な夏美をからかうように言った。

「いいではないですか。私がいるこの場所は、東京都内かもしれないが、そうでないかもしれない。現世かもしれないが、もしかしたら魔界なのかもしれない。……そのように曖《あい》昧《まい》なほうが、面白いではありませんか」

夏美は雨継を見つめた。彼は不思議な目の色をしていた。黒目が緑がかっているのだ。カラーコンタクトをしているようには見えないから、自然の目の色なのだろう。雨継の目には、強い神秘と魔力が秘められているかのようだった。

「貴方は、御自分の身をシークレットにしていることを愉《たの》しんでいるみたいね。それとも……それほど居場所を知られたくないなんて、何か後ろめたいことでもなさってるのかしら」

なかなか手強い相手に、夏美も手の打ちようがなくなってくる。イヤミの一つでも言ってやりたくなったのだ。しかし雨継は笑みを浮かべたまま、余裕の表情で返した。

「ははは……よく言われますよ。『胡散《うさん》臭い』などとね。私に対する批判、大いに結構です。私は単に静かに暮らしたいために、プライバシーを守っているだけなのですがね。春野さん、では、お帰りになりますか？　弟子にお送りさせます。御自宅にまでお送りしてもよろしいですが、御迷惑になるようでしたら東京駅もしくはお近くの駅まで。いきなり御自宅にまでお送りしますのは、プライバシーの侵害になりかねませんからね。あ、もちろん、占いも呪術もなかったということで、お支払いはなさらなくて結構ですよ」

雨継と夏美の視線がぶつかる。夏美は悔しげに奥歯を噛み締め、そして言った。

「いえ、せっかくお伺いしたのですから、占ってください。だって……多くの人が、目隠しされて手を縛られてまで、貴方のもとに通いつめるのでしょう？　いったい貴方がどれほどの力を持っているのか、是非ともお手並み拝見したいわ」

雨継は薄笑みを浮かべて頷き、姿勢を正した。そして深呼吸をして、夏美に訊ねた。

「では、占いましょう。春野夏美さん、いったい何について占ってほしいのですか」

夏美は雨継をじっと見つめ、気を取り直したように、嫣然《えんぜん》と微笑んで言った。

「ええ、私の結婚はいつ頃になるかを占ってください」

「婚期ですね。承知しました」

雨継は夏美に一礼し、予《あらかじ》め聞いておいた彼女の生年月日などを見ながら進めた。

夏美にしてみれば占いは本来の目的ではないからどうでもいいのだが、雨継がどのように仕事をするのか見てみたいという好奇心はあった。婚期にしても別に本気で知りたいわけではないが、恋愛について占ってもらうのが一番無難であるし、少し気まずくなってしまったこの場の雰囲気を変えるには良いと思ったのだ。

「で、お相手はいらっしゃるのですか」

雨継が問う。

「いいえ、決まった人はまだ。ボーイフレンドは多いのですが」

夏美が答える。

「そうですか。で、本気でお付き合いしている方はいらっしゃいますか？」

「いえ、物色中ですわ。どの人にしようかな、って」

夏美はいつもの調子で言って、フフフと笑った。雨継は質問を続けた。

「物色中ですか……。良い御身分ですな。それで、お相手に求めるものとかはありますかな。理想のタイプとか」

夏美は軽く咳払いをし、背筋を伸ばした。自慢の胸が、いっそう突き出す。夏美はハッキリと答えた。

「私の我儘《わがまま》をなんでも許してくれる人、私の言うことをなんでも聞いてくれる人、かしら。もちろん、私が望む程度の贅沢をさせてくれて」

そう言って夏美は、唇をそっと舐める。雨継は静かに微笑んだ。

「なるほど。で、夏美さんのお眼鏡に適《かな》う人といつ結ばれるのか、と」

「ええ、そうですわ。しっかり占ってくださいませ」

雨継は小さな青銅鏡を前に置き、夏美に言った。

「では、髪の毛を一本いただけますか。御自分で抜いて、私にお渡しください。御協力よろしくお願いいたします」

夏美は頷き、言われたとおり髪の毛を一本抜いて、彼に渡した。

「頂戴いたします。御協力ありがとうございます」

雨継は丁重に礼をし、夏美の髪の毛を受け取った。そしてそれを青銅鏡の上に置き、呪文を唱えながら神経を集中させた。

「臨、兵、闘、者、皆、陳、列、在、前。

ナウマクサンマンダバザラダンカン。

急急如律令」

雨継は呪文を繰り返し、髪の毛を睨むが如く見つめ、青銅鏡に向かって円を描くように指を動かす。恐ろしいほどに真剣な表情の雨継を、夏美は息を殺して見ていた。

「急急如律令……喝《かつ》！」

雨継が指先に力を込めた時、夏美もビクッと身体を震わせた。緊張の後、雨継の表情が徐々に柔らかくなり、張り詰めた空気も緩《ゆる》む。雨継は穏やかな声で言った。

「残念ですが……貴女の婚期もお相手も、見えてきませんね。貴女は結婚は無理かもしれません。今のままではね」

夏美は大きな目をさらに見開いた。肩透かしを食らったような気分になったのだ。

「今のままでは無理って……。いったいどういうことですの？　雨継さん、貴方ちゃんと占ってます？」

　雨継は顎をさすり、薄笑みを浮かべた。

「貴女も相手に色々と条件をつけるでしょうが、その相手だって色々条件はあるでしょうからね。貴女が『理想の男性』と思っても、その相手が貴女のことを理想としないことだってありますから」

　夏美は真顔になり、雨継を睨んだ。

「私がいい女ではないと仰るの？　魅力不足だとでも？　もし貴方が私に対してそう思ったとしても、おあいにくさま、私、今まで何度もプロポーズされたことあるのよ。乗り気がしないからすべて断ったけれど。その人たちの中には、日本だけでなく海外のセレブだっていたわ。……なによ、私がモテないような言い方をして」

　夏美の唇は微かに震えていた。雨継にプライドをまたも傷つけられ、怒りが込み上げているのだ。雨継は夏美から目を逸らし、うつむいた。そしてまたゆっくりと顔を上げ、夏美をまっすぐに見て、言った。

「怒らせてしまったなら、謝ります。占いでそう出たから、申し上げただけなのですが……。貴女が魅力不足などとは言ってませんよ。ただ……貴女は何かが欠けている人ですね」

夏美も雨継を見据える。雨継は続けた。

「貴女は美貌《びぼう》も富も、チヤホヤしてくれるボーイフレンドも多くお持ちでしょう。何でも持っている貴女に、決定的に欠けているもの。それは〝愛情〟なのです。愛情が不足しているのです、貴女には」

雨継の言葉に、夏美は不意に、どこか遠くを見つめるような目になった。

「貴女の周りには、優しい男性がたくさんいるでしょう。プロポーズされたことがあるというのも本当でしょう。でも、男というのは、けっこう出任《でまか》せを言ったりするものです。下心があれば、なおさらです。貴女の周りの男性も、貴女の身体が目的で、チヤホヤするのかもしれません。……おそらく貴女は、今まで誰からも真に愛されたことがないのでしょう。そして貴女自身も、真に人を愛することができないのではないですか」

雨継の話を、夏美は表情を変えずに聞いていた。頬は血の気が失せていたが。夏美は少しの沈黙の後、フッと笑い、雨継に言い返した。

「真の愛ね……。陰陽師が言うには、陳腐《ちんぷ》な言葉じゃない。そうね、結婚なんてくだらないことを占ってもらった私がバカだったんだわ。私はもともと自由恋愛主義者ですもの。一人の男じゃ物足りないのよ。色々な男たちをはべらせてないとね。男と女の関係なんて、しょせんゲームみたいなものでしょ？　色々な男たちと、様々なゲームを愉しむのが、私は好きなの。それが私の生き方なんだわ」

　夏美は顎を上げ、威厳を保つように腕組みをした。胸の谷間が強調される。雨継は夏美の露わな胸元や太腿に目をやり、皮肉な笑みを浮かべて言った。

「なるほど。一人の男じゃ物足りない、色々な男たちとゲーム、ですか……。夏美さん、貴女、もしかして本当のエクスタシーというものをまだ知らないのではありませんか？　そんな服装をしているのは、欲求不満の表れとか……」

　夏美の顔色が変わった。雨継の言葉に、真にキレたのだ。夏美は立ち上がり、雨継ににじり寄った。

「欲求不満ですって！　なんて失礼な人なの！　バカにして！」

　夏美が雨継の頬を叩こうとする。しかし雨継は彼女の手を摑んでしまった。びくともしないほど強い力だ。夏美の唇は怒りで震え、顔は蒼《あお》ざめている。二人はそのまま、視線をぶつけ合った。

　雨継と睨み合いながら、なぜだろうか、夏美の頬に涙がこぼれた。夏美は右手を雨継に摑まれたまま、左手で涙を拭き、掠《かす》れる声で言った。

「じゃあ、教えてよ。真のエクスタシーを。それほどのことを言うのなら、貴方は真のエクスタシーを知っていて、教えることができるんでしょう？」

夏美は涙で濡れた目で、雨継を見つめる。雨継は力を緩め、彼女の手を放した。そして、夏美を見つめ返し、穏やかな声で訊ねた。

「本当にお教えしてもよろしいのですか」

雨継の目はいっそう緑がかって、神秘さを増している。夏美はコクリと頷いた。

雨継は夏美を椅子に座らせ、部屋を薄暗くした。そして薔薇の薫りのお香を焚《た》き始める。静かに流れるＢＧＭはディープパープル。まさに紫煙のような音楽が、淫靡《いんび》なムードをいっそう高める。

「夏美さん、リラックスしてください。ほら、身体の力を抜いて」

雨継は夏美に近づき、彼女の耳にそっと息を吹き掛けた。

「ああん……」

夏美は身を微かに震わせる。彼の吐息が、くすぐったくも気持ち良い。

「目を閉じて、瞑想してください。何が見えますか？　指が見えてきませんか？　男性の手が」

雨継は立った姿勢で、夏美を導いてゆく。夏美は囁《ささや》くように答えた。

「はい……見えます……しなやかな長い指……大きな手」

夏美の頬は仄かに色づいている。雨継の手が見えているのだ。雨継は薄笑みを浮かべ、続けてゆく。

「そう。その手が、貴女の顔を撫で、首筋を撫で、鎖骨を撫でます。優しく、触れるように。……イメージしてください」

雨継は言いながら、〝Smoke on the Water〟の旋律に合わせ、ゆっくりと指を動かし始める。夏美の身体を触るのではない。夏美に魔術を掛けるように、指先を触れるか触れないかで動かした。

「……あああっ……ううん……くすぐったい……」

脳裏に鮮烈なイメージが浮かび、真に愛撫されているような感覚に陥《おちい》る。夏美は本気で悶えていた。

「男の指が、貴女の豊かな乳房に伸びてゆきます。そして、鷲摑みにして、激しく揉みます」

雨継の低い声が、夏美の性感をいっそう刺激する。彼女は身をくねらせて喘いだ。

「ああっ……ダメ……おっぱい感じちゃうの……あああん」

夏美のデコルテは仄かに色づき、胸の谷間に汗が滲み始める。

「今度はそっと優しく揉みます。男の指は貴女の乳房を摑んで、激しい愛撫と優しい愛撫を、交互に繰り返します。愛撫しながら……男は貴女の耳元でこう囁きます。『ああ、たまらないよ、夏美。君の乳房は大きすぎて、俺の手には収まりきらない』」

雨継に耳元で言われ、夏美は我慢できず、自慰するように自分の手で乳房を触り始めた。

「ああっ……揉んで……もっと……んんっ」

夏美は乳房を自ら鷲摑みにし、揉みしだく。雨継は薄笑みを浮かべたまま、夏美を観察するように眺めていた。

「いいですよ。御自分で触っても。ふふふ……。そして、洋服の上から愛撫していた男の指は、服の中へと滑り込み、今度は下着の上から愛撫を始めます。ほら、ますます気持ち良いでしょう」

夏美は洋服の中へと手を滑り込ませ、下着越しに乳房を揉んだ。よりいっそうの快楽が彼女を大胆にさせる。夏美は自らボタンを外して服をはだけた。真紅のブラジャーに包まれた、白く豊満な乳房が露わになる。夏美は夢中で、下着の上から乳房を愛撫した。

「ああん……気持ちいい……ふううっ」

花芯は既にじんじんと疼き、夏美は太腿を擦り合わせる。雨継は低い声で囁き続けた。

「夏美さん、いいですよ。脱いでしまっても。その見事な身体を曝《さら》け出し、思いきり乱れてください。……さて、男の長い指が、ブラジャーの中へと入ってゆきます。男は貴女の耳元でこんなふうに言います。『夏美、乳首が勃ってるぞ。こんなに突起させて、卑猥《ひわい》だな』」

「あああん……ダメ……はああっ……乳首感じちゃうの……感じすぎて……んんんっ」

夏美は指をブラジャーの中に入れて乳首を摘み、物狂おしく悶える。夏美の脳裏には、雨継に乳首を愛撫されているイメージが鮮やかに浮かび、自分で摘みながらも彼に摘まれている感覚なのだ。彼女の乳首は、痛いほど長く突起した。

雨継は指先に力を込め、呪文を唱えるように夏美を制してゆく。

「夏美さん、乳首を摘みながら、足が開いてますよ。下半身も疼いて仕方がないのかな……ふふふ。男は貴女の乳房を揉みながら、親指と人差し指で乳首を摘んで引っ張ります。ほら、甘痒《あまがゆ》い快楽が込み上げてくるでしょう……」

「あああん……ダメ……はあああっ」

夏美は乳房を弄りながら、さらに興奮する。彼女の白肌は火照《ほて》っていた。

「胸の谷間に汗が滴《したた》ってますね。……男は貴女の乳房を摑みながら、こんなことを言います。『夏美、お前の肌は艶やかで、陶器のように滑らかだ。乳房も揉み応えがあって、触っているだけで感じてしまうよ。ああ、こんなに激しく勃起してしまった。お前のあそこに挿れたいよ』」

雨継は夏美の耳元でそう囁き、そっと息を吹き掛けた。すると夏美は閉じていた目をパッと大きく開き、搾《しぼ》り出すような喘ぎ声を上げた。本当に雨継の男根を挿れられたような感覚に陥ったのだ。逞しいペニスの感触が、夏美の秘肉を刺激する。

「あああっ……ううう っ……あああーーっ」

夏美は太腿を固く閉じ、擦り合わせ、そして全身を震わせた。えも言われぬ激しいエクスタシーが駆け抜け、夏美は再び目を閉じ、唇を嚙み締める。快楽で彼女の顔は淫らに歪《ゆが》み、小鼻がプクリと膨らんでいた。

「んんっ……イッちゃった……あそこを触られても、自分で触ってもいないのに……感じすぎて……なんだか本当に挿れられたような気がして……自然に達するなんて……こんなの初めてだわ……」

夏美は額に汗を滲ませ、息も絶え絶えに言う。そんな彼女を眺めながら、雨継は薄笑みを浮かべていた。

「どうです、夏美さん。このようなバーチャル・セックスというのも、なかなかよろしいでしょう？　でも、まだまだこれからですよ。もっと強いエクスタシーを、貴女に経験させてあげます」

夏美は虚ろな目で、雨継を見た。彼の凜々《りり》しい佇《たたず》まいに、達したばかりの秘肉がまた疼き始める。乳首も長く突起したままだ。

「夏美さん、今度は目を開けたままでいてください。……ほら、僕の指先を見つめて」

雨継に言われたとおり、夏美は彼の右手の指先を見る。雨継は人差し指と中指の二本を突き出し、夏美の顔の前でゆっくりと円を描く。彼の指先を見つめる夏美の目は、徐々にトロンとしてゆく。

「男の指が、乳房を離れて、下がってゆきます。脇腹を撫で、お臍《へそ》の周りを撫で、そして下腹を触れるように愛撫します」

雨継の言葉のとおりに、夏美は自分の手と指を動かした。

「ああん……下腹くすぐったい……ああっ……ゾクゾクする……」

鼠蹊《そけい》部《ぶ》近くを触りながら、夏美は身をくねらせて悶える。雨継は妖しい笑みを浮かべたまま続けた。

「いいですよ、夏美さん。思いきり感じてください。……男の指は、次に、貴女のお尻へと伸びます。貴女の豊満なお尻を撫で回し、男は言います。『むっちりしてるな。たまらない』」

「はああっ」

夏美は尻に触れながら、官能の戦慄《せんりつ》が走ったかのような声を上げる。自分の淫らな姿を、雨継に見られているということが、何よりの刺激なのだ。彼の視線と言葉で犯されているようで、夏美は全身が蕩けて崩れそうだった。真紅のショーツには、蜜がたっぷりと染みていた。

「男は貴女のお尻をさんざんまさぐると、その手を今度は太腿へと滑らせます。そして太腿を撫で回しながら言います。『ああ、この腿の間にあるものを見たい』」

「ダメ……そんな……んんっ」

雨継に見つめられながら言われ、夏美は頬を紅潮させる。雨継に『見たい』と言われたような気分になったのだ。

「ほら、夏美さん……僕をじっと見て。そう、僕から目を逸らさないでください。……男は貴女に囁きます。『足を広げてみろ。そして太腿の奥を、俺に見せろ』」

「いや……恥ずかしい……」

夏美はそう言いながらも、足を徐々に広げてゆく。恥ずかしいのに、魔術にでも掛かったように、そうせずにはいられないのだ。雨継の前、夏美は太腿も露わなミニスカート姿で開脚する。雨継の視線が突き刺さり、夏美は痛いほどに疼いていた。

「ああん……雨継さん……見ないで……んんんっ……」

夏美は左右それぞれ四十五度ぐらいに足を広げた。ミニスカートが捲り上がり、白い太腿の間が露わになった。雨継は吐息混じりに言った。

「素敵な眺めですな。ショーツもブラと同じく真紅ですね。おや、濡れているのかな？　光っていますね。さっき達した時に、愛液が溢れ出たのかな」

「いや……やめて……意地悪言わないで」

激しい羞恥が込み上げ、夏美は涙をうっすらと浮かべて身悶える。しかし雨継に見られれば見られるほど、夏美は感じて濡れてしまうのだった。

「ほら、男の指が、下着越しに貴女の秘部をまさぐります。ショーツの上から、貴女の割れ目を、ゆっくりと何度もなぞります」

「あああっ……ダメ……んんんっ……」

夏美はクレバスを自ら愛撫する。自慰をしているところを雨継にじっと見られているようで、いっそう興奮してしまう。『ダメ』と言いつつも、夏美の指遣いは熱がこもっていた。

「夏美さん、感じているんですね。乳首がますます突起してますよ。ブラジャーを着けていても分かるほどです。……では、ブラを取ってしまいましょうか。ほら、男の指が、真紅のブラを外します」

雨継は指先に力を入れ、夏美を操る。

「は……恥ずかしい……そんな……」

夏美はそう呟きながらも、手を背中に回してブラを外してしまった。GかHカップほどありそうな、彼女の豊満な乳房が露わになる。大きなマシュマロのような白い乳房に、薄桃色の乳首が突起している。ダンスや筋トレで鍛えているだけあって、夏美の肉体は引き締まって筋肉がうっすらとつき、美しい。

雨継はニヤリと笑い、夏美の耳元で囁いた。

「いいですよ、夏美さん。さすがは御自慢なだけありますね。見事な乳房です。色々な男性が近寄ってくるのも当然でしょう。……ほら、男の左手が乳房を掴み、右手がショーツの中に滑り込みます」

「はああっ……んんんっ……」

夏美は左手で乳房を揉み、右手をショーツの中へと入れた。溢れる愛液が、指に絡みついてくる。

「そう……男は花びらを押し広げ、中指をゆっくりと女陰の中へと入れてゆきます。そして貴女の女陰の具合を確認し、囁きます。『よく蕩けてるな。搔き回すと、グチャグチャと卑猥な音を立てる。そして、俺の指をキュウッと締めつける。……ああ、挿れたい。お前のここに、ぶち込んでやりたい』」

雨継に見つめられながら言われ、夏美は激しく悶えた。

「ああっ……ダメ！　んんっ……感じちゃう……はあああっ……あっ、ああぁっ」

夏美はたまらないといったように、指を女陰に入れた。中指だけでは物足りず、人差し指と二本で掻き回す。乳首がいっそう硬くなった。

「男は、親指で貴女のクリトリスも刺激します。転がすように、時に速く、時にゆっくり、擦って揉みます。……ほら、夏美さん、気持ちいいでしょう？　またイッてしまいそうですか……ふふふ」

夏美は女陰だけでなくクリトリスも弄り回し、息を荒らげた。絶え間ない快感に、腰が浮いてしまう。痴態《ちたい》を雨継に見られているということが、夏美をどうしようもないほど昂ぶらせる。

「ううんっ……ふううっ……あああっ」

夏美の指遣いが速くなる。その時、雨継が言った。

「では夏美さん、ショーツも脱いでしまいましょう。……男が貴女の耳元で命じます。『夏美、下着を脱いで、お前のあそこを見せてくれ。見たいんだ。大股を開いて、俺にじっくり見せてくれ』

夏美は恍惚とした表情のまま、指の動きを止めた。そして虚ろな目で、ショーツを脱いでゆく。真紅のショーツが足元に滑り落ちると、夏美は雨継を見つめた。雨継は低い声で命じた。

「では御開帳してください。貴女の秘部を見せなさい」

羞恥と悦《よろこ》びの入り混じった強い快楽が、彼女を突き動かす。夏美は柔肌を染め、唇を嚙み締めながら、足を大きく開いた。熟れきった秘部が、露わになる。

「ああ！　夏美さん、貴女の股の間は、こんな具合なのですね。……男も激しく興奮していますよ。『夏美、お前の秘部は綺麗だなあ。赤貝のような色艶で、汁をたっぷり垂らしている。クリトリスも花の蕾のように膨らんで、いやらしいなあ。……挿れてやるぞ。お前のここに、俺の太い肉棒をたっぷりと挿れてやる！』」

「ああっ……はあああっ……いや……」

夏美が物狂おしく悶える。『俺の太い肉棒』と言われ、雨継のペニスが脳裏に浮かんだのだ。夏美は股を広げたまま、身をくねらせた。

「あっ……夏美さん。貴女の女陰、パクパクと閉じたり開いたりして伸縮してますよ。まるで鯉の口みたいだ。まことにいやらしい眺めです」

雨継は夏美の股間に顔を近づけ、奥まで覗き込むかのように食い入って見る。彼の息が女陰に吹き掛かり、夏美はたまらずに蜜を迸《ほとばし》らせた。

「ああ……愛液が溢れてますね。ここをじっくりと見ながら、男は言います。『夏美、俺のペニスを挿れるぞ。俺の太くて硬い、猛り狂うペニスで、お前を貫いてやる！』」

そして雨継は、夏美の女陰の前に、右手の二本指を突き出して力を込めた。

「はああああっ……あああああーーーーーっ」

夏美は絶叫を上げ、達した。雨継のペニスで、女陰を貫かれたような感覚に陥ったのだ。夏美は秘肉に、猛り狂うペニスの生々しい感触を覚えた。今まで知らなかった、全身が感電するかのような快楽が、彼女の肉体を走り抜ける。夏美はもう喘ぐこともできず、唇を嚙み締め、下半身を痙攣させた。

☆

夏美は帰る時も、車の中でずっと目隠しをされたままだった。めくるめく激しいエクスタシーを何度も授かり、疲れきっていた夏美は、また眠ってしまった。弟子の善三に起こされた時には、東京駅に着いていていて、辺りはすっかり暗くなっていた。

夏美はへろへろになって家へ戻った。事の顚末《てんまつ》を冬花に説明すると、彼女は目を丸くした。

「ええっ！　雨継のもとへ乗り込んだというのに、場所も分からず、絵画も取り戻せず、何の収穫もなかったのですか？　お姉さまともあろう人が！」

姉のていたらくに、冬花が唖然とする。夏美は車のナンバーは覚えていたが、車体番号が分からなければ、今はナンバーだけでは身元を調べることができない。港《みなと》区ナンバーだったが、雨継名義のものかも怪しいし、そこに住んでいるとも限らない。夏美はバツの悪そうな顔で、唇を尖らした。

「私だって、たまにはこういうこともあるわよ！　仕方ないでしょ、あの男、思ったより手強いんですもの」

二人は顔を見合わせた。

「天龍雨継の能力は、いかさまではなく、やはり本物ということでしょうか。それとも、お姉さま、彼に催眠術でも掛けられてしまったのですか……」

冬花に言われ、夏美は頷き、頬杖をついて溜息を漏らした。夏美の瞳は、エクスタシーがまだ微かに残っているかのように、ほんのりと潤んでいた。

二丁目の噂

一晩眠ると、夏美は身体の疲れは取れたようだったが、まだ虚ろな表情をしていた。冬花はそんな姉を心配し、春野家特製ジュースを作って渡した。ザクロとオレンジとクランベリーをジューサーにかけ、それにコラーゲンを混ぜてレモンを搾《しぼ》った、美容にも健康にも良いドリンクだ。

「ああ、ありがとう」

夏美は溜息まじりで、ジュースを一口、二口飲む。その表情からは、陰陽師との出来事がよほど強烈だったということが見て取れた。記憶にまだ鮮明に残っていて、それでぼんやりとしてしまうのだろう。

日課のエクササイズもする気になれないのか、夏美はソファに寝転び、物憂《ものう》げに髪を弄《いじ》る。冬花は姉を心配しながらも、リビングの床に腰を下ろして軽いストレッチをしていた。

午後三時過ぎ、達郎が春野家を訪れた。冬花は彼を招き入れ、玄関先でそっと耳打ちした。

「お姉さま、帰ってきてから様子がおかしいんですの。なんだか気が抜けてしまったようで……。それに、昨日の夜から何にも食べてませんのよ！　あのお姉さまが食欲が無いなんて、絶対に変ですわ。いつも朝からステーキを食べますのに、今日なんて私の作ったジュースを半分も飲みませんの……。雨継に、よほどショックなことをされたのでしょうか」

達郎は冬花の肩をそっと抱き、囁き返した。

「大丈夫だよ。夏美さんはきっと今まで、雨継のようなタイプの男に接したことがなかったんだろう。だからどのような態度を取ってよいのか分からなくて、手こずっているんだと思う。満身の力を込めて振ったのに、空振り三振ってとこかも。彼女のことだ、ほっとけばまた元気になるさ。そっとしておいてあげよう」

達郎の言葉に冬花は頷き、二人は一緒にリビングに入っていった。

「やっぱり、なかなか曲者《くせもの》らしいね。天龍雨継」

達郎はソファに腰掛け、煙草に火を点けながらそう切り出した。夏美は焦点が定まらないような目で、彼を見た。達郎は続けた。

「友達のライターが、雨継のことで面白い情報を摑んだんだよ。といっても確かな情報ではなかったから、『巷《ちまた》では、こんな噂が流れている』というようにぼかして書こうとしたら、上から圧力が掛かってダメだったってことがあったそうだ」

「上からの圧力って、どういうことですの？」

達郎にコーヒーを差し出し、冬花が訊ねる。達郎はコーヒーを一口啜《すす》って、言った。

「政治関係だ。どうやら雨継は、尾上啓吾郎《おがみけいごろう》の子供だそうだ。元衆議院議員のね」

夏美は思わず目を見開いた。

「ええっ！　尾上啓吾郎？　有名議員で、引退後はタレントもしていたわよね。確か、三年ぐらい前に亡くなって……。でも不思議ね、尾上啓吾郎の息子だったら、別に身分を隠すこともないのに」

驚きのあまりか、ずっとおとなしかった夏美が話に乗ってくる。彼女の口調から、興奮が伝わってきた。達郎は答えた。

「いや、それが、本当の子供ではないらしい」

「隠し子ってこと？」

「隠し子ではない。養子だ。十年以上前に尾上啓吾郎は雨継と養子縁組して、それからずっと手元に置いて可愛がっていたらしいよ。俺の友達は、啓吾郎と雨継の仲を『男色関係』と言っていた。啓吾郎は年取ってからは男専門だったからね。若い頃は両刀だったたみたいだけれど」

「まあ……」

夏美は目をますます見開き、固唾《かたず》を呑んだ。『男色関係』という言葉がショックだったのだろう、次の言葉がなかなか出てこないようだった。冬花はクールな眼差《まなざ》しで、達郎と姉を交互に見ている。達郎は夏美の顔色を窺いながら、手に入れた情報を淡々と話した。

「記事では、『現代の陰陽師の知られざる〝二丁目〟の過去』と題して、雨継が新宿二丁目にいた頃を書いたんだ。でも、政治的圧力が掛かって、あっけなく没。尾上啓吾郎をパトロンにしていたぐらいだから、雨継の顧客には政治家が多いだろうからね」

達郎は続けた。

「尾上啓吾郎にそこまで好かれたのも、雨継が美男子というだけでなく、占いの能力があったからだろう。啓吾郎は大の博打《ばくち》好きで知られていたからな。雨継の能力を借りて、引退後は博打で大儲けしていたらしいよ。そういった意味でも、雨継を離したくなかったんだろう。ちなみに雨継の本名は、尾上和樹《かずき》だ。養子に入る前の苗字は分かっていないが」

達郎の話を、夏美はソファにもたれて無言で聞いている。冬花が言った。

「啓吾郎が亡くなって、雨継はやっと自由の身になれて、ぼちぼちと表舞台に現れ出したというワケですわね。……ところで、雨継って本当に二丁目にいたんですの?」

「まあ、ハッキリ『いた』とは言えないけれどね。でも、二丁目のゲイたちの間では、雨継が若い頃に働いていたというのは語り継がれているみたいだよ。しかし二十年近くも前の話だから、確証もないんだよね」

「二十年経ったら、男性でも顔や雰囲気は変わりますわよね」

「うん。だから、あくまでも『似た男がいた』ってことで、噂されているらしい。雨継は、自分のことをほとんど隠しているからね。公のプロフィールでは一応『平安の陰陽師・安倍晴明《あべのせいめい》の遠い子孫、出生地は京都、年は三十三歳』としているが、どれも嘘っぱちだろう。養子縁組する前の苗字も分からないし、住んでいる場所さえ分からないんだから。なんでも住まいも三軒ぐらいあって、家も車も啓吾郎に譲られたものか、弟子名義のものらしい。ホント、謎の男だ」

達郎は煙草を揉み消し、コーヒーを飲み干した。冬花は足を組み直し、大きな溜息をつく。夏美は暫《しばら》くじっとしていたが、顔を上げ、急に笑い出した。「きゃはは」というようなけたたましい笑い声に、達郎と冬花は思わず顔を見合わせた。夏美は髪を乱しながら、ソファの上で笑い転げる。

「ど……どうしたの、夏美さん、突然？」

達郎が訊くと、夏美はお腹を押さえながら声を出した。

「ううん……なるほどなあ、と思って。雨継ってゲイだったのね。あはは、それじゃ、私の色仕掛けにも動じないわけだわ。……ああ、可笑《おか》しい！　笑っちゃう、あはは……」

夏美は目に涙を浮かべ、ヒステリックなほどに笑い続ける。そんな彼女を、達郎と冬花は神妙な顔をして見ていた。


雨継が男色家と知っても、夏美は彼への興味が醒《さ》めたわけではないようだった。いや、むしろ、いっそう興味が増したのかもしれない。

三人は、インターネットを使って、雨継のことを隈《くま》なく調べていった。雨継のホームページというものはやはり見つからなかったが、インタビューの記事や彼の紹介のページなどはいくつかヒットした。しかし、いずれも仕事については熱心に語っていたが、プライベートに関してはまったく無言だった。雨継の評判や噂なども探ってみたが、ほとんどが好意的に書かれていた。

中には「天龍雨継ってウサン臭い」とか「イケメンとか言われてるけど、そんなにカッコよくない」などと他愛もないことを書いてる者もいたが、致命的になるような悪口は見当たらなかった。

「雨継に騙《だま》されたとか、乱暴された、などということは書かれていないな。『ずいぶん金取るんだろ。ボッタクリじゃん』なんて書いてるのもいるが、そんなのは大した悪口じゃないしな」

パソコンを見ながら、達郎が言う。夏美と冬花もしなやかな指でキーボードを操り、画面に見入っていた。

「雨継の本当の信者は、ネットなどには書き込んでいないでしょうね。もっと深い信頼関係というか、共犯関係のようなもので繋がっているような気がしますわ」

冬花が言うと、達郎も同意した。

「共犯関係、なるほどね。『雨継との儀式は、誰にも教えない。雨継と私だけの秘密』、みたいな感じだろうな。彼はマスコミに露出しているから、一部のミーハーなファンが『雨継って素敵!』なんて書いてるけどね。……ふうん、スポーツ界や芸能界とも、やはり色々と人脈があるようだな。へえ……あの作家も雨継と繋がりがあるのか。まあ、噂だから百パーセントは信じられないけれどな」

ゴシップネタのようなサイトには、雨継の占いを頼っている著名人たちの名前も書かれていた。

彼らは雨継についてネットで色々調べてはいたが、実は三人ともネットの噂などはほとんど信じていない。夏美も冬花も達郎も、「実際その人に会って話してみなければ、先入観だけでは本当のことは何も分からない」と考えるからだ。彼らは噂や口コミなどよりも、「自分たちの目」を確かとしているのだ。

それゆえネットで調べるのも参考程度なのだが、雨継の場合は謎が多すぎるので、もしかしたら家の場所など目ぼしいことが書かれているかもしれないと一抹《いちまつ》の期待を抱いて、探っているのだ。どの辺りに住んでいる、ということだけでも知りたいからだ。

しかし、住所も元の名前も学生時代の話なども、彼を詳しく知る上で手がかりになるようなことはいっさい書かれていなかった。

「雨継の信者やファンはお行儀が良くて、彼に迷惑が掛かるようなことはネットなどには書かないのだろうな。そして雨継のアンチというのも、まだあまりいないみたいだから、罵詈雑言《ばりぞうごん》というのも見当たらない。尾上啓吾郎との関係についての噂話も、まだ出てきていないな。ライター仲間は、『知る人ぞ知る話』って言ってたけどね」

調べるのも段々と疲れてきて、達郎が髪を掻きながら大きな欠伸《あくび》をする。細かい字を見すぎたからだろう、冬花も目を擦《こす》りつつ言った。

「車に乗せて目隠し……のことを書いている人もいませんわね。あれだけのことをして誰も不満を漏らさないということは、きっと目隠しと拘束を我慢できてしまうほど、彼の仕事に満足しているということでしょう。不満を凌駕《りょうが》する満足を与えて、皆を黙らせてしまう雨継って、やはり凄い人なのかもしれませんわね」

達郎は同意というように頷き、煙草に火を点けた。

「能力がどういうものなのか……もしかしたら媚薬《びやく》を使ったり、催眠術に掛けているのかもしれないが、それでも客に大いなる満足を与えているということは確かだな。その証拠に、『雨継に占ってもらって酷い目に遭った』などと書いている人は一人もいない」

その時、夏美がパソコンの画面を指差し、急に大きな声を出した。

「あっ！　見て、こんなサイトを発見したわ」

夏美につられ、達郎と冬花が身を乗り出して彼女のパソコンを覗いた。そこには『2丁目のオカマちゃん大集合〜！　今夜もフィ〜バ〜！』とタイトルをつけられた、ゲイたちが集うサイトが映っていた。そこに雨継のことが書かれてあったのだ。ゲイたちは雨継について、好き勝手に語り合っていた。

「雨継ってホントに素敵ー」

「若い頃に二丁目で働いてたってホントなのお？」

「いやあん、雨継がウリやってたなんて、想像するだけで、あたし、イッちゃいそおおおおーーー」

などといった、ゲイたちの悶《もだ》えが書き込まれている。夏美も冬花も達郎も、思わず食い入るように見てしまった。

「いたってどこの店よお。噂ばかりで真実が分からないわ。雨継が二丁目でウリしてたって、やっぱり都市伝説なのかしら」

「あたしのパパちゃんが言ってたけどね。あいつ十七年前頃、〈ボニータ〉に絶対いた、って」

「あら、なんて源氏名《げんじな》だったのかしら」

「キイチって言ってたわ」

「貴一？ 希一？ 喜一？ 会いたかったわー、十七年前に、雨継＠キイチに！」

「でも雨継みたいな顔って、意外にいるのよねー。他人のそら似かも」

「じゃ、〈ボニータ〉にいた頃にパパでも見つけて、あがっちゃったってこと？ 天龍雨継になるまで、愛人生活だったのかしら？ それから陰陽師として華麗なるデビュー？ 雨継のパパって誰だったの？ どこぞの大金持ちの社長？」

「そこまではみんな知らないんじゃない？ 十七年も前ですもの。その頃働いてた人たち、もうほとんどいないわ」

「あたしは雨継の過去なんて、別にどうでもいいの！ 今の雨継に燃えてるんですもの！ 写真集でも出してくれないかしらあ」

好き勝手な書き込みを読みながら、達郎は苦笑した。

「なんだかゲイたちの、いい肴《さかな》にされてるみたいだな」

「こんなふうに書き合っているのが楽しいんでしょうね」

冬花が相槌《あいづち》を打つ。夏美はゲイたちの書き込みをすべて読み、そして大きく深呼吸をして目を瞑《つむ》った。夏美は呼吸を整えると、目を開け、言った。

「二丁目に行ってみましょう。何か、分かるかもしれないわ」

達郎と冬花は、夏美を見つめた。夏美は続けた。

「あれほど凜々しい雨継が、十七年前頃に身体を売ってたなんて……不思議だわ。きっと何か深い事情があったに違いないと思うの。知りたいのよ、それを。不思議だから、知りたくなるのよ。そう……不思議だから」

夜に咲くヒマワリ

夏美と冬花そして達郎は、新宿二丁目で聞き込みを始めた。「雨継がいた」という〈ボニータ〉をネットで検索してみたが、どうも閉店してしまったようで行くに行けず、この街での彼の足取りを少しでも摑むには、地道に聞き込みするしかなかった。熱帯夜という言葉がピッタリの、蒸し暑い夜だ。原色のネオンが灯《とも》り、男たちの嬌声《きようせい》が飛び交う、毒々しい街。三人は通りに佇《たたず》み、話を聞き出しやすそうな者を物色した。

「あ、スミマセン。ねえ、ちょっと訊きたいことがあるんだけれど、いいかな?」

達郎が慣れた調子で声を掛ける。初めに選んだのは、線の細い美少年だった。達郎は彼に近づき、さりげなく名刺を見せた。

「あ……ごめんなさい。今から仕事なので、急いでます」

美少年はうつむき加減で、達郎を振り切るように足早に行ってしまった。達郎は頭を掻き、煙草を銜《くわ》えた。

「空振りか。ま、聞き込みなんて、こんなものさ。次いってみよう」

「ライターに声を掛けられると、怖く感じる人もいるんでしょうね。自分のことをあまり詮索《せんさく》されたくないような人たちは」

冬花は、去ってゆく美少年の後姿を眺めていた。

「まあ、そうだね。勝手に書かれたりするのを恐れる人たちも多いよ。でもその反対に、目立ちたがり屋なんかは飛びついてきたりもする。『私のこと書いて〜』みたいな感じでね。人それぞれだ」

達郎はそう言って、真夏の夜空に向けて煙を吐き出した。

次に声を掛けたのは、まさにニューハーフ、遠くからでも近くでも〝女〟にしか見えない男だった。引き締まった身体にピタッとフィットするミニワンピースを着て、しなやかな手足を露わにしている。

「あ、忙しいところ、ごめんね。あのさ、ちょっと訊きたいことがあるんだけれど、いいかな？」

達郎が声を掛けると、ニューハーフはにっこりと微笑んで「なにかしら？」と聞き返してきた。先ほどの美少年よりは手ごたえがありそうだった。

「現代の陰陽師と言われている、天龍雨継のことなんだけれど……。今話題の。彼のこと知ってるよね？」

達郎は単刀直入に切り出す。ニューハーフは長い髪を掻き揚げながら、大きく頷いた。

「ええ、知ってるわ。彼、私たちの間でも人気ですもの」

「ああ、やっぱり。雨継は同性にも人気者っていうよね。それで……雨継が若い頃に二丁目にいたって噂があるんだけれど、それについて何か知らないかな。もしくは、それについて詳しく知ってる人、誰か心当たりはないかな？」

ニューハーフは分厚い唇を尖らせ、首を傾げた。

「うーん。その噂は聞いたことあるけれど、真実か否《いな》かはまったく分からないわ。確かにそんな噂をして盛り上がることもあるけれど、皆、半ば悪ノリして喋ってるのよ。よく芸能人の噂で『○○が××の愛人だったんだって』とか『○○って売れない頃、吉原にいたんだって』とかいうのがあるじゃない。半ば都市伝説と化してるもの。雨継の場合も、それと同じようなものかと思っていたわ。噂して皆で楽しんで興奮してるようなものじゃないかな」

ニューハーフは何かを知っているけれど隠しているといった様子もなく、自分の思うことを正直に述べているようだった。彼は続けた。

「ごめんなさい、私自身は天龍雨継にはあまり興味がないから、詳しくは知らないの。でも、もう少し粘《ねば》ってみたら、色々なことを知ってるマニアックなファンに当たるかもしれないわ」

達郎はニューハーフに礼を言った。

「いや、色々話してくれてありがとう。参考になったよ。君が言うように、粘ってみる」

ニューハーフは艶やかな笑みを浮かべて一礼し、去っていった。彼の後姿が見えなくなると、夏美が感心したように言った。

「今の人、あれで男なの？　胸あんなに大きくて、唇もぷるぷるして、お肌ぴかぴかで、グラマー美女にしか見えないけれど！」

「豊胸手術してるんだろうな。唇も何か注入してるんだろう」

達郎が答えると、夏美は冬花を振り返って声を上げた。

「凄いわ！　冬花、私たちも負けられないわね！」

変なところで闘志を燃やしている夏美に、達郎は思わず苦笑した。

午後十一時過ぎ、行き交う人々はカップルもしくはグループが多い。身体にねっとりと絡みつくような蒸し暑い夜風に、達郎も姉妹も汗を拭った。

達郎が三度目に声を掛けたのは、短髪マッチョの男だった。真っ黒な肌に、肉体を誇示するかのような豹柄のタンクトップとスリムなジーンズを纏っている。

「あら、お兄さん、ちょっとイイ男じゃない」

マッチョ男は達郎に流し目を送りつつ、質問に答えた。

「ああ、天龍雨継。その噂はよく聞くわね。なに、貴方たち、このクソ暑い中聞き込みしてるの？　御苦労様。……ま、うちのママだったら何か知ってるかもしれないけれど。この街、長いからね、ママは」

マッチョ男はそう言って、達郎をじっと見つめた。達郎は額に浮かぶ汗を拭い、男に言った。

「じゃあ、君の店に連れてってよ。そこで話を聞かせてくれる？」

「いいわよ。……三名様、お連れするわ」

マッチョ男は上唇を舐め、笑みを浮かべた。

マッチョ男はツカサという名前で、〈Ｊａｍｅｓ〉という店で働いていた。店に入ると、ママが明るく迎えてくれた。

「あら、いらっしゃーい！　まっ、いい男とセクシー美女！　ゆっくりしてってねー」

店はカウンターのほかにボックス席があり、そこそこの大きさ、客は五分入りだった。

達郎たちはボックス席に座り、ツカサに渡されたオシボリで手を拭いて一息ついた。ママとツカサのほかに、三人のゲイがいたが皆似たようなタイプだった。

ツカサにビールを注いでもらっていると、ママがやってきた。

「あたしがママの叶《かのう》ですー。よろしくねー」

叶ママは目鼻立ちが大きく、ブロンズ色の肌で、イタリアマダムのようなゴージャスな風貌である。一見スリムだが、着物の袖から覗く腕などは筋骨隆々としていた。どうやらこの店は、マッチョゲイを集めているようだ。

叶ママも交えて、皆で乾杯をした。

「ああ、美味しい。喉が渇いてたから、実に美味しいわ！　天国みたい！」

ビールを一息に飲み干し、夏美が恍惚として言う。

「あら、お姉さん、素敵！　どんどんイッてねー！」

夏美の豪快な飲みっぷりに、叶ママもはしゃぐ。夏美は立て続けにもう一杯飲み干した。

酒を酌み交わすうちに、夏美とママはすっかり打ち解け、酔っぱらいながら相手を褒め合う。

「お姉さん、いいお洋服着てるじゃない。高いでしょ？　パパでもいるの？　いいわねー、美人さんは」

と叶ママが言えば、

「きゃはは、パパなんていないわよお！　これでも苦労してんのよ、私たち！　稼ぐってことはたいへんなことでしょ？　ママこそ高そうな着物じゃない！　誰に買ってもらったのよお」

と夏美が応戦する。夏美とママはふざけあい、抱擁《ほうよう》までする。そんな姉を、冬花はいつものように冷めた目で見ていた。

すっかり場が和《なご》んだ頃、達郎がツカサに目で合図をした。ツカサは肝心なことを切り出した。

「この方たち、天龍雨継のことを知りたいみたいよ」

空気が一瞬、静まる。叶ママは下唇を舐め、達郎を見つめた。そしてママは後《おく》れ毛を触りながら、淡々と話した。

「雨継さんねー。あの人の昔のこととかは、よく分からないわ。どこの出身とか、どんな生い立ちとか。ずいぶん若い頃にここにいたっていうのは……たぶん、本当だと思うけれど。ここにいた時も、生い立ちなんかは隠してたんでしょうね」

「雨継がここにいた時、親しくしていた人って知りませんか？　どんなパトロンがいたとか……あと、彼がいた店とか」

達郎が身を乗り出して訊く。ママは溜息混じりに言った。

「あの人がいたのは、『ボニータ』っていう店じゃないかしら。でも、その店、五年前にママが代わって、名前も変わっちゃったのよ。今は『雷雲』っていう店になってるわ。前のママなら色々知っていたかもしれないけれど、病気で田舎に帰っちゃったからねえ。雨継さんがいたっていうのは十年以上前でしょう? 十年一昔、当時の人たちで今も残っているのは、意外に少ないからねえ。入れ替わり、けっこう激しいのよ。私もこの街にきて長いほうだけれど、それでも八年だもの。十年以上も前のことは、噂でしか知らないのよ」

ママの話からは特に有力な新しい情報も得られず、達郎たちは落胆した。沈んだ空気の中、達郎が急に立ち上がり、大きな声で言った。

「ビール飲みすぎたから、ちょっとションベンしてくる!」

デリカシーのなさに、一同は思わず苦笑したが、彼の一言で場の雰囲気はまた和んだ。

達郎がトイレで用を足していると、叶ママが突然やってきて、彼の隣に立った。そしてママは達郎の下半身を見て、にっこりと笑った。ビビる達郎に、ママがそっと耳打ちする。

「ねえ、『雨継と寝た』って言ってるオカマがいるんだけれど、興味ある?」

達郎は目を見開き、叶ママを見つめた。ママはさっきとは打って変わった妖しい表情で、言った。

「そのオカマ、酔っぱらうと必ず『あたしは昔、雨継と付き合ってたんだから。寝たんだから。今でも彼が忘れられない』って愚痴《ぐち》るの。なかなか信憑《しんぴょう》性がある話をしてくれるわよ。『K's』って店にいるわ。ヒマワリって名前のオカマよ。興味あったら、当たってみて」

達郎は唾を飲み込み、大きく頷いた。

「有益な情報、ありがとう。大収穫だ」

少し掠《かす》れる声で、達郎は礼を言った。叶ママは大きく瞬《まばた》きして、嫣然《えんぜん》と微笑む。そして達郎の耳に息を吹き掛け、囁いた。

「お兄さん……大きいわね。今度は必ず一人で遊びにきて。女なんか連れてきちゃ、い・や」

叶ママは達郎の股間に手を伸ばし、金玉を摑んで軽く捻《ひね》った。

「いてっ……」

達郎の額に汗が滲む。ママは「うふふ」と笑うと、彼の金玉を離し、その手をペロリと舐めた。

「じゃあ、ボトル入れとくわね！　あ、ニューボトル！　ニューボトル！」

叶ママは元気良く言うと、達郎に媚《こび》たっぷりのウィンクを投げ、フロアへ戻っていった。達郎は呆然としたまま、暫く便器の前に突っ立っていた。ショックで出るものも出なくなり、小水も途中で止まってしまった。

気を取り直して達郎がフロアに戻ってくると、酔っぱらった夏美がゲイたちと一緒にカラオケを熱唱していた。華麗にダンスまで決めている。

「お姉さまって酔うと必ず、マドンナの曲を振りつきで歌い始めるんですの。『Fever』が特にお気に入りですわ。この曲は、ゲイにも人気があるそうですから……皆さん夢中になってしまって」

冬花が呆れたように言う。夏美はマッチョゲイを従え、「フィーバー！」「フィーバー！」と女王様気分で踊りまくっていた。冬花の顔を見て達郎はホッとし、ビールを啜ってアーモンドを頬張った。ボトルはちゃっかり入れてあったが、店が混んできてママはほかの客の接待に忙しそうだった。

「じゃあ、夏美さんが『Fever』を歌い終わったら、次の店に行こう。その店には、雨継と関係があったゲイがいるらしい」

達郎は冬花の肩を抱き、彼女にそっと耳打ちした。

叶ママに教えてもらった『K's』に着いた時には、午前一時を過ぎていた。扉を開けて中に入ると、オジー・オズボーンの怪しげな音楽が聞こえ、少々カビの臭いがした。この時間は繁盛する頃だろうに、客は一人もいずに、寂《さび》れている。

「あら、いらっしゃい」

カウンターの中から、くたびれた感じのニューハーフが声を掛けてくる。三人は小さなテーブル席に座った。

「ごめんなさい。大ママ風邪引いて寝込んじゃってて、店の子たちも夏休みで、今日はチーママの私だけなの。お客さんたち初めてね。よろしくお願いします」

ニューハーフは達郎たちにオシボリと一緒に、名刺をも渡した。名刺には、「K's、チーママ・ヒマワリ」と書かれている。

「貴方がヒマワリさんか！　ちょうどよかった、貴方に逢いたくて、きたんだよ」

ヒマワリの顔と名刺を交互に見ながら、達郎が声を弾ませる。ヒマワリは微笑んだ。

「あら、嬉しいわ。あたしもこの街、長いから、たまにそう言ってくれるお客さんもいるのよ。どこからか、あたしの噂を聞いて、逢いにきてくれるの。そういう時って、ホントに有難いわ」

ヒマワリは真に嬉しそうに、目を細める。四十歳は超えているだろう、薄暗い中でも、間近で見ると、ヒマワリの顔には皺が目立った。不摂生《ふせっせい》な生活が祟《たた》ったのか、肌も身体も崩れが隠せない。

ヒマワリも交え、四人はビールで乾杯した。ちょっとした雑談の後、達郎は早々に切り出した。達郎はヒマワリに名刺を渡し、彼の目を見据えて訊いた。

「天龍雨継のこと、知ってますよね」

ヒマワリは大きな瞬きをし、ビールを飲む手を休め、うつむいた。そして掠れる声で返事をした。

「ええ……でも、詳しいことは……何も」

ヒマワリの唇は、微かに震えていた。再手術する費用もないのだろう、ヒマワリの鼻は明らかに整形が崩れたかのように歪んでいる。彼の顔をじっと見ながら、達郎は言った。

「ヒマワリさん、貴方から聞いたことは決して活字にしないから、雨継について知ってることは何でも話してくれないかな。貴方の話を、絶対に書いたりしないよ。これは誓う。俺たち、ある人に頼まれて、雨継のことを調べているんだ。何でもいいから知ってることを話してくれたら、御礼させてもらうよ。もちろん」

達郎が目で合図をすると、夏美が茶封筒をバッグから取り出し、ヒマワリの前に置いた。

「少ないですけれど、お受け取りください」

ヒマワリは達郎たちを怪訝《けげん》そうに見ながら、封筒を手に取り、中を覗いた。鼻の再手術を二度はできそうな程のお金が入っている。ヒマワリは急に背筋を伸ばし、足を組んで煙草に火を点けた。そして身体を少し斜めに向けて、煙をフーッと吐き出した。

「『ある人に頼まれた』って言ったけれど、怖い人じゃないでしょうね。希一《きいち》が危ない目に遭ったりしたら、イヤだもん、あたし。そこらへん、ハッキリさせておこうじゃない。……あ、希一って雨継のことね」

ヒマワリはそう言って、ビールを一気に飲み干した。冬花が瓶を持ち、すかさずヒマワリのグラスに注ぎ足す。ヒマワリは「ありがと」と、また一気にグラス半分を飲んだ。

「怖い人なんかじゃないよ。雨継が危険な目に遭うようなことも絶対にない。だから安心して話してくれ。ヒマワリさん、俺たちを信じてよ」

達郎が真剣な顔をして、ヒマワリに言う。ヒマワリは達郎と姉妹の顔を交互に見て、大きな溜息をついた。グラスに残ったビールを飲み干すと、冬花がまたすかさず注ぐ。酔わせて、話を聞き出しやすくしているかのようだ。ヒマワリは肩までの髪を掻き揚げ、腹を括《くく》ったかのような声を出した。

「じゃあ、話してもいいわ。誰かから聞いたんでしょ？　あたしが雨継……希一とデキてた、ってこと」

ヒマワリは三人を見回し、唇を舐めた。達郎たちが頷くと、彼は続けた。

「それは本当よ。もう、今から二十年ぐらい前のことね。あたしが二十二の時、希一は十七だった。……え、希一って公表では現在三十三歳なの？　じゃあ、それ少しサバ読んでるわね。今、三十七、八のはずよ。大丈夫、あたしが間違うはずないわ。天龍雨継は希一よ、絶対。だって……あたしが心底惚れてた男ですもの。何年経っていても、分かったわ」

ヒマワリの唇が震えた。酔いが回り始めたのだろうか、彼の目は微かに潤んでいる。ヒマワリは思い出を懐かしむように、淡々と話した。

「ふふふ。デキてた、って言っても、希一はクールなもので、あたしがお熱だったのよ。希一は当時、色白の美少年で、モテモテだったもの！　彼を目当てにこの街にくるお客さんも、たくさんいたわ。……希一、母子家庭でね。病気のお母さんを支えるために、高校もロクに行かず、この辺りで働いていたのよ。手術代とか入院費とか、色々たいへんだったみたいだもの」

「雨継には兄弟はいなかったのかな？　親類縁者とか？」

「母一人、子一人だったわね。希一って、親戚のことなどはほとんど言わなかったけれど、頼る人がいないというのは分かったわ。酔うとね、『俺は天涯孤独だ』って言うの。それであたしが『孤独じゃないわよ。お母さんがいるし、あたしだっているでしょ。希一を御贔屓《ごひいき》にしてるお客さんだって』って言い返すと、こう呟くの。『うん。母さんだってヒマワリだって、お客さんたちだっている。でも、俺はずっと孤独なんだ。生まれてからずっと、いつも独りきりのような気がするんだ』って」

ヒマワリはそっとうつむき、洟《はなみず》を啜った。夏美がハンカチを渡すと、ヒマワリは「ありがとう」と礼を言って、それで目頭を押さえた。

「希一は東京の生まれじゃないのよ。お母さんと一緒に、東京に流れてきたみたいだった。出身地、公表では京都になっているの？　でも、それも嘘じゃないかな。関西訛《なま》りはまったくなかったもの。どこの生まれかは、ここにいる時もハッキリとは言わずに、お客さんによって適当に答えてたわ。出身地を訊ねられて、ある人には『長野』って言っていたし、ある人には『静岡』って言ってた。あたしも仲良くしてたわりには、希一の出身地って知らなかったわ。この街にくる人は少なからずワケありだから、過去のことを詳しく聞き出したりするのは野暮《やぼ》なのよ。それにあたしは、希一の生まれも育ちも過去も関係なく、彼を愛していたから。出身地なんてどうでもいいことだったの」

喉が渇くのだろう、ヒマワリは話しながらビールを呷《あお》る。空になったグラスに注ぎ足しつつ、冬花が言った。

「純愛ですわね。ヒマワリさん、希一さんのことを真にお好きでしたのね」

ヒマワリは、大きく頷いた。

「ええ……好きだったわ。希一、クールだけれど、優しかったのよ、とっても。お母さんに尽くして尽くして、最期まで看取《みと》ってね。お母さん、すい臓癌だったの。四十九歳の若さでお亡くなりになったわ。希一、『俺を育てるために苦労したからだ』って歯を食い縛って泣いてた。希一の泣き顔を見たのは、その時、一度だけね。あんまり寂しそうだったから、その泣き顔、今でも覚えてるの。今でも時々、夢で見るのよ。だってね……本当に寂しそうだったんですもの。私まで一緒に泣き崩れてしまうほどに」

ヒマワリはハンカチで目を押さえ、頻《しき》りに洟を啜る。達郎も夏美も冬花も、黙って、彼の話に聞き入っていた。

「希一、お父さんについて何も話さなかったけれど、私生児だったのかしら。それとも小さな頃に御両親が離婚したのかしら。お葬式にもこなかったみたい。お葬式っていっても密葬だったし、弔《とむら》い人は希一ぐらいだったけれど。私は初七日に、お線香あげにいったわ」

「希一っていうのは本名ではないよね？　苗字とかは知っていた？」

達郎が訊ねると、ヒマワリは肩を竦《すく》めた。

「私も実は彼の本名、知らないのよ。この街でも、『希一』のほかに名前は二、三、使い分けていたわ。……こうやって話してみると、あたし、彼と仲良くしてたわりに、彼のこと何も知らなかったんだって思う。出身地も本名も、彼の住んでたアパートに泊まりに行ったこともあったのに、苗字すら知らなかった。だから、お母さんが亡くなった後、この街から消えてしまった希一を調べることもできなかったのよ」

「お母様が亡くなった後、すぐにいなくなってしまったのですか？」

冬花の問いに、ヒマワリの表情はいっそう寂しげになった。

「ええ、二ケ月もしないうちに、すっと消えてしまったの。……ある日、希一があたしに天ぷら蕎麦《そば》を御馳走《ごちそう》してくれたのよ。その時、あたし、前の日から天ぷら蕎麦を食べたくて食べたくて仕方がなかったのね。御馳走になった後、そのことを言ったの。『あたしが天ぷら蕎麦を食べたかったこと、どうして分かったの』って。そうしたら希一、笑顔でこう答えたわ。『俺、ヒマワリの考えてること、知ろうと思えば知ることができるんだ』って。冗談で言ってると思ったけれど、そう言われてなんだか嬉しかったのよ、その時。でもね、希一、その後、こんなことも言ったの。『知ろうと思えばできるけれど、でも……知らなくてもよいことのほうが多いけれどね、世の中は』って。それから三日後に、希一は消えてしまったの、この街から。あたしに何も言わず。彼が住んでいたアパートに行っても、もぬけの殻だったわ」

ヒマワリは溜息をつき、煙草を吹かした。彼の瞳は濡れ光っていた。

「希一が言っていた『知ることができる』というのは、きっと占いの能力を暗示していたのね。この街を去ってからの希一は、風の噂では……パトロンを見つけて、その男の専属になったって聞いたわ。それからのことはよく知らないけれど、紆余曲折《うよきょくせつ》あって天龍雨継になったのでしょうね。マスコミに出てきた雨継を一目見て、あたし、希一だってすぐに分かった。話し方も仕草も、以前とは全然違っているけれど、私はすぐに気づいたの。ルックスだってずいぶん変わったけれど、分かった。雰囲気だって……今は堂々としているでしょう。でも昔は線が細くて、儚《はかな》さが漂っていて、暗い目をしていたわ。いつも何かに怯《おび》えているようで、無性に寂しそうで……支えてあげたくなるタイプだった。年月を経て、あんなに風格のある男になるとは思わなかったわ。さすがあたしの愛した男ね。立派よ」

ヒマワリは一息に言うと、込み上げる思いを抑制できなくなったのだろう、涙をホロホロとこぼした。達郎も夏美も冬花も無言で、やるせなさそうにヒマワリを見つめる。夏美の大きな瞳も、微かに潤んでいた。

ヒマワリの涙が止まると、達郎が静かな声で訊いた。

「彼のパトロンだった男については、何か知らないかな？　ここを離れてから、どこら辺に住んでいたとか、何か聞いたことはない？」

「……色々な噂はあったけれど。大企業の社長とか、大物俳優とか、政治家とか。二丁目時代も、希一のお客さんにはそういう人たちがいたからね。皆お忍びで遊びにきて、希一を買っていたわ。希一は口が堅かったから、お客さんとのことは絶対に、あたしにも喋らなかった。希一とあたしは勤めていた店が違ったから、彼のお客さんについては詳しいことは知らなかったの。たいてい、お客さんがホテルで待っていて、希一がそこに出張してたわ。この街を出て行ってからの希一のことは、ホントに分からないの。住んでるところを知っていたら、あたし、会いに行ったわよ！　……昔は花園《はなぞの》神社の裏辺りに住んでたけれどね。六畳と二畳半、あわせて八畳半の小さなアパート、２０５号室だったわ」

ヒマワリはティッシュで鼻をかみ、付け睫毛《まつげ》を直しながら答える。アイラインが涙で剝《は》げ、目の周りが黒くなっていた。

「西陽が当たるから畳が焼けちゃっててね。風呂なしだったから、よく二人で銭湯に行ったのよ！　あたし、いつも希一の背中を流してあげたわ。……お風呂から出るとさ、缶ビールとおつまみ買って、希一の部屋に行くの。希一はいつも窓際に座って、外の景色を眺めながら、ビールを飲むの。そしてあたしは彼の顔をじっと見つめてるの。なんてことない時間だけれど、あたし、とってもとっても幸せだった」

ヒマワリの空のグラスに、冬花がビールを注ぐ。ヒマワリは泡立つ黄金の液体を、懐かしそうな目でじっと見つめ、そしてグラスを手に持ち、喉に流し込んだ。

「夕陽が差して橙色に染まった希一の横顔に、よく見とれていたわ。陽が沈んで暗くなるまで、ずっと眺めていた。……希一って、三味線が上手かったのよ。彼の部屋で飲んで、酔っぱらうとね、三味線を弾き始めるの。お母さんが三味線の先生をしてたことがあったらしいわ。高橋なんとかって人の三味線のテープをよく聴いていたわね。……ああ、やだ。なんだか忘れ掛けていたことまで、思い出しちゃう」

ヒマワリはそう言って肩を竦《すく》めた。鼻の頭を真っ赤にして酒を飲み続けるヒマワリを、達郎たちは複雑な思いで眺めていた。もうすぐ丑三《うしみ》つ時、お客は変わらず彼らだけだった。

盗難発覚

鬼平は部下の角田《かどた》刑事とともに、葉山のホテル・タジオに到着した。併設の美術館から絵の盗難届が出たのだ。ホテルの支配人の藤波《ふじなみ》が低姿勢で、鬼平たちに説明する。

「先週末でしたか、絵を専門にされているお客様がいらっしゃいまして、その方に指摘されたのです。この絵をじっと食い入るように御覧になって、『もしや、これは贋作《がんさく》なのではないかな』と。それで一応、鑑定士の先生に見てもらったのです。それで発覚しました、巧妙に作られた偽物であると」

肥満体の藤波は額の汗を拭き拭き、贋作と指摘された絵を指さした。その絵の下には、『クリムト作、黒の羽根帽子』と題名が書かれている。鬼平は「失礼」と言いながら、手袋を嵌《は》めた手で、その絵の裏側までチェックした。

「盗難防止用のセンサーがつけられてますな。傾くと警報機が鳴るはずですが」

鬼平の鋭い眼差しに、藤波はますます汗を流して、答えた。

「ええ……ところがお恥ずかしいことに、まったく気づかなかったのです。私どもは閑静《かんせい》なリゾートホテルというのがウリですので、お客様に寛《くつろ》いでいただきますためにも、よほどのことがないかぎり警報機は館内に響かせないようにしています。ゆえに、ここに飾ってある絵の裏側のセンサーが作動しても、警備室にしか伝わらないのです。警備室は二十四時間体制で、必ず三人は監視しております。常時、フロントやエントランスにも警備員がいますので、何かあれば警備室のほうから直《ただ》ちに連絡がいくようになっています。……それなのに、今回、誰も非常事態に気づかなかったのです。まったく不思議といいますか、狐につままれたようといいますか……」

鬼平は藤波の話を聞きながら、絵を隅々まで眺めていた。そして顎に生えた無精髭《ぶしょうひげ》を撫でながら、低くドスの利いた声で言った。

「では、警備室へ案内していただけますかな。その時モニターで監視していた警備員の皆さんにも、話を伺いたいんでね。……角田、お前はこの絵をしっかり仕舞っておけ。持って帰るからな」

「はい、警部。了解です」

角田は鬼平に言われたとおり、テキパキと行動する。彼は二十五歳、赤門出身のキャリア組だ。叩き上げの鬼平は、角田を部下に持つことに優越を感じているが、有能な彼に逆にやり込められ、不機嫌になることもしばしばであった。

鬼平は警備室へ入ると、当時ここで監視していた三人の警備員たちに事情聴取をした。三人ともバツの悪そうな顔をして、うなだれている。鬼平は腕組みをして、彼らを眺め、そして脅《おど》かすかのような声で一喝した。

「貴方たち、あの日、どうして警報機が鳴ったことに気づかなかったんです？ もし仮にセンサーの具合が悪くて、あるいは犯人の巧みな遣り方で、警報機が鳴らなかったとしましょう。それでも、美術館での異常には気づくはずだ。実際盗まれているのだから、モニターにバッチリ映っているでしょうからね。透明人間の仕業だとしても、絵が動いて持ち出される様《さま》はモニターに映るはずではないかな？ ……いったい、三人もいて、どうしてこんなことになったんです？」

大柄な鬼平が腕を組むと、半袖のシャツから覗く二の腕の逞しさが、より強調される。警備員たちは観念したのだろう、「黙っていて申し訳ありませんでした」と頭を下げ、落ち度を告白した。

「あの時、『ここのホテルの客室係』と名乗る女性がやってきて、我々に菓子を差し入れたのです。とても綺麗な人だったので、つい調子に乗って、その菓子を食べてしまいました。そして……三人とも眠ってしまったのです。菓子の中に強力な睡眠薬が入っていたのでしょう。おそらく、我々が眠り込んでしまった間に、絵が盗難されたのだと思います。我々が起きた後も美術館のことに気づかなかったのは、モニターを再生して見ても、何も異常が映っていなかったからなんです。その日は確か雨で、お客様もまばらで、美術館を訪れる人もほとんどいませんでした。モニターを再生しても何も異常がなかったので、我々は安心してしまったんです。まさか……絵が盗難されていたとは……」

横山が唇を噛み締める。鬼平は大きな溜息をつき、ドスの利いた声を出した。

「なるほど、事情は分かりました。……ではなぜ、貴方がたは、その女性のことを通報しなかったのです？　ホテル側にも連絡しませんでしたよね？　睡眠薬入りの菓子を持ってきた女なら、通報しますよね、普通。なぜ、今まで黙っていたのですか？」

鬼平はニヤリと笑い、三人の警備員を追い詰める。警備員たちは、まさに蛇に睨まれたカエルの心境だろう。河村などは、涙ぐんでいる。彼らはうなだれ、「すみません」を繰り返した。鬼平は腕をボリボリと掻きながら言った。

「ま、『女にうつつを抜かして、失態をしでかした』なんて、恥ずかしくて言えませんわな。警備員の立場であれば、なおさら！　睡眠薬入りの菓子食って寝ちゃった、なんて警備員にあるまじき行為だ。今まで黙っていたお気持ち、分かりますよ。ははは……。で、その菓子を持ってきたという女ですが、どのような人物でしたか？」

鬼平の目が鋭く光る。声を少し震わせながら、岩田が答えた。

「はい……髪型は茶色のおかっぱ、ボブカットっていうんですか、そんな感じで、肩の下ぐらいまでありました。スラッとしていて、スタイルが良くて、とにかく美人でした。眼鏡を掛けていましたが、目がとても大きくて印象的でした」

鬼平は無精髭をさすり、何かを考えているかのように視線を彷徨《さまよ》わせた。

「なるほど……。背はどれぐらいでしたか」

「はい……ハッキリとは覚えてませんが、けっこう高かったような気がします。小柄では決してありませんでした。あ、でもヒールを履《は》いていたのかも。足元まではしっかり見てませんでした。すみません」

蚊にでも食われたのだろうか、鬼平は腕をまたボリボリと掻きながら、言った。

「貴方たち全員その女を見ているのですから、是非ともモンタージュの作成に御協力ください。どんな細かなことでもいいので、その女について覚えていることを、全部話していただきたい。お願いします。……おい、角田、しっかり聴いておけよ」

鬼平は角田にその役目を任せた。

「はい。警部、了解です！」

角田は元気良く返事をし、警備員たちに事情聴取を続けた。鬼平は藤波に言った。

「で、モニターについてですが、当日のテープを見せていただきたいのだが、よろしいかな?」

「は……はい。こちらです」

藤波が汗を拭き拭き、モニターを操作する。鬼平は椅子に座り、当日のモニター画面を食い入るように見た。一度ならず、何度も繰り返し見る。そんな鬼平を、藤波は心細そうな顔で、眺めていた。

「なるほどね」

鬼平は大きく咳払いし、言った。

「テープがすり替わっている可能性があります。彼らが眠り込んだ後、その謎の女が仕組んだのでしょう。ま、テープをすり替えてしまえば、異常なことは何も映ってませんわな。……このテープ、お借りしますよ。署でじっくりと調べさせてもらいます」

夏美vs.雨継、再び

冬花は朝からスポーツクラブに行ってしまったが、夏美は気乗りせずに家で気だるく過ごしていた。二丁目で聞き込みをしてから、どうも体調が優れないのだ。夏美はお昼前からシャンパンを飲んでいた。グラスの中で小さな泡が弾けるのを見つめ、彼女は溜息をつく。

酔いたい気分なので、シャンパンをぐっと飲むと、夏美の脳裏に、ふと雨継の端正な顔が浮かんだ。それを頭から振り払おうとしてシャンパンをさらに飲むと、今度は「希一」だった頃の雨継の像が浮かんだ。凛々《りり》しい陰陽師の顔の彼、そして儚《はかな》げで寂しそうな男娼《だんしょう》の顔の彼。理知的な陰陽師の彼、母を助けるために高校もロクに行けなかった彼。相反する二つの像が、夏美の頭の中で絡まり合い、融け合う。

夏美はふと目眩《めまい》を感じ、ソファに身体を横たえた。そのままじっとしていると、携帯電話が鳴った。夏美はこめかみを押さえ、電話に出た。中条清高からだった。

「たいへんだ、あのクリムトの絵、とうとう盗難届が出されたぞ！　いったい何をしてるんだ、一刻も早く取り戻してくれ！　雨継が警察に連絡でもしたら一巻の終わりだ。俺も君たちも、ともに破滅してしまうぞ！」

中条の知らせに、夏美の物憂《ものう》げな気分も吹き飛ぶ。夏美は気を取り直して言った。

「承知いたしました。グズグズしていて申し訳ありません。……もう一度、雨継に挑戦して参りますわ。必ず、絵を取り戻します。やらなければ、仰るとおり破滅ですものね、お互いに」

☆

夏美は今回は中条麻衣の予約を奪い、雨継に会いに行った。家の場所がどうしても分からないので、彼のもとに忍び込むにはこの方法しかないのだ。前回同様、東京駅まで弟子が迎えにきて、目隠しと拘束をされて夏美は運ばれた。車の中ではまた雨継が編曲したマーラーの交響曲が流れていて、それを聴きながら夏美は眠りに落ちていった。眠る前ぼんやりとした意識の中で、夏美は冬花に昨夜言ったことを思い出していた。

「こうなったら、雨継にハッキリ『あの絵を返してください』と言うのが一番よいと思うの。もし『返せない』とか『貴女が盗んだのですか。警察に届けますよ』などと言われたら、『貴方だって、お客様に対して拉致《らち》監禁まがいのことをしてるじゃないですか。今まで皆さん黙ってたからいいようなものの、これ、公にしたら問題になりますよ』って言い返してやるわ。……それでもダメだったら仕方がない。胸の谷間に仕舞った超小型の拳銃で、脅かすしかないわね」

雨継の屋敷に着くと、夏美は前回と同じく、広い和室に通された。雨継は和机に向かい、書に勤《いそ》しんでいた。墨と畳の匂いが混ざり合い、清涼感を漂わせている。神経を集中させている雨継の周りの空気は、張り詰めているが、悠々としてもいる。

夏美は座布団に座り、おとなしく待っていた。今日の夏美は、いざという時のために完全防備だ。黒い長袖のシャツに、動きやすいジーンズ。戦いに備えて胸の谷間に超小型拳銃を忍ばせているので、シャツのボタンも上まできちんと留めている。雨継は書を終えると、ようやく気づいたというように、夏美に向かって礼をした。

「お待たせしてしまって、申し訳ない。……春野さんは、二度目の御訪問ですな。御贔屓《ごひいき》にしてくださって、ありがとうございます。で、本日はどのような御注文でしょう?」

雨継はそう言って、妖艶な笑みを浮かべる。彼に見つめられ、前回の秘儀を不意に思い出し、夏美は頬をほんのり染めた。しかし、そんな艶っぽい気分に浸っている場合ではないので、彼女は気を取り直すように咳払いをして、雨継を見つめ返した。

しかし、相変わらず、雨継の眼差しは強い。気圧《けお》されてしまいそうなほどの力が込められている。それゆえさすがの夏美も怯《ひる》んでしまい、絵について簡単に切り出すことはできなかった。彼女の手は汗ばんでいた。

「ええ……今日は占いではなくて……その、頼みたいことがありまして……」

この非常事態に、夏美はいつもの彼女らしくもなく、しどろもどろになっている。そんな夏美を見据え、雨継は薄笑みながら、筆を突き出した。

「夏美さん、この筆を見てください。そう、じっと見つめて。……目を逸らしてはダメですよ。食い入るように見てください」

夏美は言われたとおり、筆の先を見つめる。雨継は円を描くように、呪文を唱えながら筆をゆっくりと回した。

「臨、兵、闘、者、皆、陳、列、在、前。

ナウマクサンマンダバザラダンカン。

急急如律令」

墨が滲む筆先に視線を当てていると、夏美はふと眠くなった。瞼《まぶた》が落ちてきて、目が塞がりそうになる。

「はいっ！」

その時、雨継が大きな声を出して、夏美は眠気が吹き飛んだ。雨継は今度は筆先を青銅鏡に向け、小さな声で短い呪文を唱え、その筆で紙に何か文字を書いた。そして彼は溜息をつき、夏美を再び見つめた。

「夏美さん、貴女の求めているものが分かりました。ちょっとお待ちください」

雨継はそう言うと、立ち上がり、部屋を出て行った。夏美は取り残され、心細げにじっとしていた。心臓の高鳴りが、自分にも聞こえる。気になって雨継が文字を書いた紙を覗いてみたが、崩れきった行書体だったので、読めなかった。

雨継はすぐに戻ってきて、大きな風呂敷を夏美に渡した。

「もしかしたら、これではありませんか」

雨継は薄笑みを浮かべる。夏美がおそるおそる風呂敷を開けてみると、例のクリムトの絵が現れた。夏美は目を見開き、雨継と絵を交互に見た。雨継が言った。

「どこぞの奥方にいただきましたが、私はこの絵はあまり趣味ではないんでね。よかったら、お受け取りください」

あまりにアッサリと返されてしまったので、夏美は拍子抜けしてしまい、言葉がなかなか出てこない。

「あ……ありがとうございます。あ、あの……このことは……あの、どうぞ御内密に……」

再びしどろもどろになる夏美に、雨継は返した。

「大丈夫ですよ。私はよけいなことは何も口外しません。……まあ、人にはそれぞれ事情がありますからね。くれぐれもお気をつけて、お持ち帰りください」

雨継はいつものように飄々《ひょうひょう》とした風情《ふぜい》で言う。そんな彼を、夏美は呆然としたまま見つめた。雨継は姿勢を正し、夏美に向かって告げた。

「短くて申し訳ありませんが、今日は予約がいっぱいなので、お帰りいただけますか。この絵を取り戻して、あなたも安心されたでしょうから。また改めて、ゆっくりいらしてください。お帰りの際は、弟子に送らせますので。それと、本日は占いもありませんでしたので、お代金はなしということで結構です。では、お気をつけて」

雨継の口調は淡々としていて、夏美は名残惜しかったが、嫌な気分ではなかった。夏美は何度も礼を言って立ち上がり、部屋を出ていこうとした。その時、雨継が声を掛けた。

「夏美さん……いえ、貴女、今日みたいな服装のほうが、お似合いになりますよ。私の主観ですが、却《かえ》って貴女の男勝りの美しさが引き立つような気がします。大きなお世話でしようが、一応お伝えしておきます」

雨継はそう言って、一礼をした。夏美はうろたえ、おどおどしながら、返事をした。夏美にとっては戦闘服である今日のファッションを、まさか褒められるとは思わなかったのだ。

「あ……ありがとうございます。こ……こんな地味な格好ですのに、光栄です。本日は色々と、まことにありがとうございました」

夏美は頭を深々と下げ、絵をしっかりと抱えて、雨継の屋敷をあとにした。

☆

夏美と入れ替わりに雨継邸を訪れたのは、後白河華子《ごしらかわはなこ》であった。今をときめく、日本が世界に誇る超美人オペラ歌手である。オペラ歌手というと体格の良い女性をイメージしがちだが、華子はほど良い肉づきのグラマラスな身体をしている。それに加え華やかな目鼻立ちで、透《す》き通るような色白なので、世界の舞台にも通用するプリマドンナだった。もちろん歌の才能があるのは言うまでもない。

「華子さん、ようこそいらっしゃいました。今日も一段とお美しい……」

雨継は低い声で賛美し、華子に微笑み掛ける。華子も嫣然と笑みを返し、彼に向かい合って座った。

「あら、雨継さんだって素敵よ。相変わらずお口もお上手で……おほほ」

華子が高らかに笑うと、栗色の巻き髪が揺れた。

二人は弟子が運んできた茶を啜り、菓子をつまんで暫く世間話をした。

「今度のオペラ公演は、スペイン王子も御覧くださる予定ですの。雨継さんも是非いらしてくださいね」

グレースホールで二週間に亘る公演を控えた華子は、意気揚々としている。雨継は感心したように言った。

「スペイン王子ですか。それは凄い。華子さんの名前が、ますます世界に浸透《しんとう》しますね」

「うふふ……嬉しいことですわ。磨きを掛けて頑張りますわね」

華子はぽってりとした唇に、艶やかな笑みを浮かべた。彼女が着ているのは胸元が大きく開いたサマードレスなので、デコルテが露わになっている。きめ細かな陶器のような白肌に目をやり、雨継が感嘆の声を上げた。

「それ以上磨きを掛けるのですか……。華子さんの才能と美貌は、素晴らしすぎて、目の毒になりかねませんよ」

雨継の視線を胸元に感じるのが誇らしいかのように、華子は背筋を伸ばす。

「いやですわ、雨継さん。からかわないでくださいな」

雨継は華子をじっと見つめ、言った。

「からかってなんかいません。私は華子さんには、いつも本心を申し上げておりますので」

華子も雨継を見つめ返し、甘く歌うように囁いた。

「なんだか……身体が火照り始めたわ。雨継さん、そろそろ、いつものレッスンをお願いできるかしら」

エロティック・モーツァルト

雨継と華子は、隣の洋室へと移動した。ここも五十平米ほどの広さがあり、奢侈《しゃし》なデザインで作られている。白い壁、白くふわふわの絨毯《じゅうたん》、天井からはシャンデリアが下がっていた。部屋の真ん中に大きな白いベッドがあり、至るところにキャンドルが置いてある。窓とカーテンは閉まっていた。

二人は小さなテーブルを挟んで、向かい合って椅子に座った。雨継はテーブルの上のキャンドルを灯し、部屋を暗くした。そして音楽を流し始める。モーツァルトの『交響曲第四十番』。華やかながらもどこか哀愁を含んだメロディは、ウィーンの街を思い起こさせる。モーツァルト晩年の苦しい生活の中から生まれた、悲壮美《ひそうび》と評される名曲だ。

キャンドルの灯《あか》りが大きくなるにつれ、部屋に甘い香りが漂い始めた。薔薇とバニラとシナモンを混ぜたような、ウィーンの銘酒にも似た妖しい芳香だ。華子は大きく吸い込み、長い睫毛《まつげ》を瞬《またた》かせた。

雨継は胸元から青銅鏡を取り出し、テーブルに置いた。揺れるキャンドルの灯火が、鏡に映る。

「キメラ、汝の封印した欲望を解き放て！

臨、兵、闘、者、皆、陳、列、在、前。

淫、美、蕩、猥、色、艶、妖、挿、濡。

ナウマクサンマンダバザラダンカン。

急急如律令」

雨継は呪文を唱えながら、鏡に向かって指を動かし、指先に力を込める。華子も鏡、そして雨継の指先をじっと見つめていた。呪文が進むにつれて、華子の瞼がゆっくりと落ちてゆく。鏡に映る灯火の輪郭《りんかく》がぼんやりとし、閉じかかった華子の目に、闇と炎が混ざって融《と》け合った色彩が広がる。雨継は今度は華子に向かって、指を突き出し、呪文を唱え始めた。

「臨、兵、闘、者、皆、陳、列、在、前。

淫、美、蕩、猥、色、艶、妖、挿、濡。

ナウマクサンマンダバザラダンカン」

華子の目が蕩《とろ》けてゆく。眠りに落ちる間際のような、ウツウツとした状態だ。彼女の目には雨継も映らず、ただ彼の声だけが聞こえる。モーツァルトの調べと混ざり合い、雨継の呪文が華子を呪縛してゆく。彼女の瞳の奥、黒とマゼンタの色彩が交差し合う。

「楽《がく》、聖《せい》、天《てん》、降《こう》、君《くん》、臨《りん》。
急急如律令」

雨継の声に力がこもると、華子の目がパチリと開いた。

「ああっ……ああ」

華子の傍で、白い煙が渦を巻き始める。そしてそれは瞬く間に天井にまで、もうもうと立ち上っていった。

雨継の声は微かに聞こえるが、華子の目にはもう彼は映っていない。華子は瞳を蕩けさせ、恍惚の表情を浮かべて、白い煙を見上げている。部屋に流れる音楽は、『交響曲第四十番』が終わり、『交響曲第二十五番』に変わる。迫力ある旋律に併せ、天井から稲妻のような雷音が鳴り響いた。

華子は椅子から倒れるように、絨毯に滑り落ちた。すると白い煙が徐々に散り始め、中から男が現れた。白髪の鬘《かつら》を被り、燕尾《えんび》服を着て、指揮棒《タクト》を持った男。それは、天才なる楽聖、アマデウス・モーツァルトだった。彼の姿を見上げ、華子は身を震わせて歓喜の声を発した。

「モーツァルト様！　ああ、お会いしとうございました！　どうぞ……どうぞ、私に、後白河華子に、貴方様の恩寵《おんちょう》をお与えくださいませ！」

華子はモーツァルトの前に跪《ひざまず》き、深々と頭を下げる。その姿は、まるで神に仕える下僕《げぼく》のようで、普段の彼女の高慢《こうまん》さは消え失せていた。

モーツァルトは君臨《くんりん》するように立ちはだかり、タクトを伸ばして、華子の顎を突いた。

「あっ……あん、ああっ」

もうそれだけで、華子は身をくねらせて喘ぐ。鮮やかな黄色のサマードレスは、彼女の柔肌をいっそう白く見せている。トッププリマだけあって、その美しさと艶やかさは、垂涎《すいぜん》ものだ。幼い頃からの憧れだったモーツァルトに跪き、華子は二十九歳の熟れた身体を蕩けさせてゆく。

モーツァルトは華子を見下ろし、妖しい笑みを浮かべた。

「華子、相変わらず感度が良いな。肌も、ミルクに浸したように真っ白で、ツヤツヤとしている。乳房もハリがあるな……ふふ」

モーツァルトは甘い声で言いながら、タクトで華子の乳房を撫で回し、乳首を突いた。

雨継によって呼び出されたモーツァルトは日本語を喋るが、華子の夢か幻なのであろうか。

「はああっ……感じる……あああっ」

乳首を突かれ、華子は身を捩る。オペラ歌手らしく、喘ぐ声も大きい。モーツァルトはタクトで華子の乳房を弄《もてあそ》ぶと、それを背中に回し、ゆっくりとファスナーを下ろしていった。

「いや、恥ずかしい……んんんっ」

偉大なる楽聖の前で、華子の柔肌が少しずつ露わになってゆく。ドレスが腰の辺りまで滑り落ち、上半身が曝《さら》け出された。華子の豊満な乳房は、純白の総レースの下着で包まれていた。

「よく発達した乳房だ。毎日美味いものを食べて、旦那の精気を吸い取っているのだろう……うん？」

華子の半裸姿を見て、モーツァルトは目を光らせる。彼は華子の上半身に、タクトを滑らせた。顎、首筋、鎖骨、腕、乳房、そして胴。華子の脂の乗った身体は、タクトの愛撫だけで感じてしまうのだ。

「はあっ……んんっ……くすぐったい……あああっ、でも……気持ちいい……あああん」

小鼻を膨らませ、ぽってりとした唇を半開きにして、華子は喘ぎ続ける。特に首筋と乳首が感じるので、そこを撫でられると、彼女は身をのけぞらせて悶えた。華子の大きな目が潤み、白肌が仄《ほの》かに色づいてゆく。

「ほら、口を開けてごらん」

華子は恍惚とした表情で、モーツァルトを見上げ、言われたとおりにする。するとモーツァルトが唾液を一すじ、華子の口を目掛けて垂らした。煌《きらめ》きながら落ちてくる楽聖の唾液を、華子は口で受け止めた。そして、ゆっくりと飲み込み、なんともいえぬ笑みを浮かべた。華子の顔も身体も、ますますグラマラスな輝きを増す。

「ああ……モーツァルト様、美味しゅうございます。貴方様のお唾をいただくようになってから、私はまた声が出るようになりました。一時は、ポリープができたのかと思うほどに、喉が不調でしたのに……。貴方様のオペラに出演できますのも、きっと貴方様の恩寵をいただいているからだと思いますの。モーツァルト様、どうぞ私を、もっともっと可愛がってくださいませ……」

華子は目を蕩けさせ、モーツァルトの足にしがみつく。モーツァルトは妖しい笑みを浮かべ、タクトをいったん絨毯の上に置き、華子の頭そして顔を両手で撫でた。タクトではない彼の手の感触に、華子はうっとりと目を細め、甘い吐息を漏らす。

モーツァルトの手が、ブラジャーの中に入った。

「あああっ……」

乳房を鷲摑みにされ、華子が喘ぐ。官能で彼女の肌が染まった。モーツァルトは華子の乳房をゆっくりと揉みながら、囁いた。

「ああ……柔らかくて、でもハリがあって……見事な乳房だ。手に吸いつくような肌をしている……」

楽聖の息が荒ぎ始める。彼が感じていると思うと、華子もいっそう昂まり、彼女の喘ぎ声もより激しくなる。

「あああっ……ダメ……はあああっ」

モーツァルトに乳首を摘まれ、華子は小さく叫んだ。性感帯を刺激され、快楽が走ったのだ。モーツァルトは華子の乳首を摘んで撫で回し、執拗《しつよう》に愛撫する。華子の乳首は、硬く突起した。

「華子、お前は本当に感じやすいな。乳首がこんなに勃っているぞ。このぶんでは下半身も……蕩けているだろう。後でじっくりと確かめてやる。今は、上半身を楽しませてもらうぞ」

モーツァルトは囁きながら、華子のブラジャーを脱がしてしまった。熟れた果実のような豊満な乳房が、露わになる。乳首は淡い桜色だ。モーツァルトは、華子の乳房を見て、生唾を飲んだ。

「いやですわ……モーツァルト様、そんなにじっくり御覧になっては。恥ずかしいではありませんか……」

華子は唇を尖らせ、潤んだ目で楽聖を見上げる。だが、見られることに興奮してもいるのだろう、乳首は勃ったままだ。

モーツァルトは再びタクトを手に持ち、それで華子の乳首を突いた。

「ああっ……あっ、あっ……ああん」

乳首を突かれるたび、華子はビクッビクッと身を震わせる。白桃のような乳房が揺れた。

「張りのある、美しい胸だ……。さすがはプリマ、大胸筋が発達しているんだな。良い眺めだ……ふふふ」

モーツァルトは華子の乳房をタクトでゆっくりと弄《いじ》る。彼の燕尾服のズボンの前は、大きく盛り上がっていた。

「ふううっ……ああんっ……感じる……ダメ……んんんっ」

華子は唇を噛み締め、悶える。楽聖はタクトで、彼女の上半身を隈なく撫で回した。背中にまで滑らせ肩甲骨の辺りをスッとなぞった時、華子は小さな悲鳴を上げた。

「ああっ……そこ……ダメ……はあああっ」

快楽のツボを弄られ、華子の乳首がさらに突起する。モーツァルトは華子の上半身をタクトで執拗に愛撫すると、彼女を起立させた。よろめきながら華子が立ち上がると、黄色いワンピースが足元まで滑り落ちた。白いショーツのみに包まれた華子の裸身は、楽聖の前で艶かしく輝いた。

「華子は実に美味そうな身体をしているな。脂が乗って豊かなのに、締まるところは締まっていて……。まさに乳白色の肌だ。食指を動かされる」

「いやです……恥ずかしい……」

モーツァルトの眼差しに羞恥を感じ、華子はうつむき頬を染める。華子は全身が真っ白で、まさにミルクに浸《ひた》したような肌だ。その身体に純白のショーツを着けただけの彼女からは、艶かしさを通り越して淫靡ささえ匂い立っていた。

モーツァルトは華子を四つん這いにさせると、命じた。

「私の精をほしいなら、この部屋を這い回れ。猫になったつもりで、鳴き声も上げてみろ！」

華子は言われるがままに、四つん這いになった。そして潤んだ目でモーツァルトを見上げ、唇を尖らせて言った。

「もう……意地悪な方ね。猫のマネをさせるなんて……」

華子は白く豊かな身体を揺さぶり、部屋を這い回った。時おり顔を上げて楽聖を見る目には、妖しい光がこもっている。彼女が猫のように身体を丸めたり伸ばしたりすると、シヨーツに包まれたむっちりとした尻が大きく揺れた。モーツァルトがタクトを振ると、華子は「にゃあ」と鳴き、二人は戯《たわむ》れ合った。

「華子、お前、感じているんだろう。下着が濡れているぞ。四つん這いにさせられて秘肉を疼《うず》かせるなんて……。日本を代表するプリマドンナがこれほど淫猥な雌《めす》とは、呆れたものだ」

モーツァルトはタクトを華子の秘部へと伸ばし、ショーツ越しに割れ目をなぞる。くすぐったいような快楽が込み上げ、華子は四つん這いで身をくねらせた。

「ああっ……はあああっ……意地悪……んんんっ」

モーツァルトはタクトの先で、華子の割れ目を何度も擦り、彼女を悶えさせた。華子は白肌を仄かに染め、喘ぎ続ける。

「ほら、蜜がますます溢れてきたぞ。下着がぐっしょり濡れている。華子は本当に感度が良いな。……中はどんな具合か、見てあげよう」

彼はタクトを動かし、華子のショーツを少しずらした。彼女の秘部が覗く。

「いや……あああっ……恥ずかしい……」

華子は唇を噛み締め、額にうっすらと汗を浮かべる。モーツァルトはタクトで彼女の大陰唇をさすりながら、言った。

「華子のここは、いつ見ても卑猥だな。大陰唇は少々黒ずんでいて、小陰唇はピンクベージュ、そして奥は紅色だ。私の好物のローストビーフを彷彿《ほうふつ》とさせる。ローストビーフのような華子の秘肉は、美味しそうでエロティックで、私の欲望を刺激するんだ……ふふふ」

「いや……ローストビーフなんて……生々しいこと仰らないで……んんっ」

憧れの楽聖にじっくりと覗き込まれるのが恥ずかしくも快感なのだろう、華子は蜜を迸《ほとば》らせながら喘いだ。華子の秘肉をじっくりと見つめ、モーツァルトは息を荒らげつつ、タクトでそこを弄り回す。タクトの先に蜜が絡まり、粘つく糸を引っ張った。

「ふううっ……あっ、あっ……あああん」

大陰唇、小陰唇、そしてクリトリスをタクトで弄られ、華子は身をのけぞらせる。白い喉に、静脈がくっきりと浮かび上がった。

「うん？　クリトリスが膨れてるぞ。こんなにプックリして、芽吹きそうだ。ほら……どうだ、華子？」

モーツァルトはタクトの先で、彼女の蕾を激しく擦った。

「はあっ……ああっ……ダメ！　ダメです……イッ……イッてしまいそう……あああっ」

膨らんだ蕾《つぼみ》をグリグリと弄り回され、華子が悶える。官能の戦慄《せんりつ》が走り、彼女の身体が震えた。

「ほら、華子。私の手を見てごらん」

モーツァルトが華子に命じる。華子は虚ろな目で、彼のタクトを摑んでいないもう一方の手を見た。モーツァルトはその左手で指揮を取りながら、言った。

「いいかい？　今この部屋に流れているのはお前が今度の公演でも歌う、〈夜の女王のアリア〉だ。この曲に合わせて、私は左手で指揮をする。そして右手でタクトを持ち、お前の秘部への愛撫を続ける。お前は、この曲に合わせて身体を揺さぶり、そして私の左手の合図でイカなければいけない。タイミング良くイクのは難しいが、それをできるようになれ。アッチェレランドの時に合図するぞ。……いいか、ほら、やってみよう」

アッチェレランドとは、楽曲の中で〝徐々に速く盛り上がってゆく〟ところである。

モーツァルトは右手に摑んだタクトで彼女の秘部を弄りながら、左手で指揮をした。そしてアッチェレランドの時に、左手の指をグッと突き出し、「はい、ここでイケ！」と叫んだ。激しい快楽を感じ続けていても、突然だったので華子は達することができず、唇を嚙み締めた。

「申し訳ありません……強い快感なのですが……タイミングが難しいです……」

華子は身をくねらせ、悩ましい声を出す。

「そんな弱音を吐くな！　ほら、もう一度やってみろ！」

モーツァルトはタクトの先で華子のクリトリスを弄った。膨らんだ蕾を、そっと突き、そして撫で回す。それを繰り返され、華子は唇を涎《よだれ》で濡らした。オペラ歌手の彼女にしてみれば、聖なる指揮棒で秘部を弄られるということは、禁忌《きんき》を犯しているようでたまらない刺激なのだ。

「ほら、イケ！　ここでイケ！」

次のアッチェレランドの時、モーツァルトは再び命じたが、華子はまたも達することができなかった。モーツァルトは眉間に皺を寄せ、タクトを華子の秘部から離した。そして華子のショーツをずらして、尻を露わにした。モーツァルトは目を光らせ、タクトで今度は、彼女の豊満な尻を打った。ピシッ、ピシッと華子の肉を弾く音が、部屋に響く。

「はああっ！　も……申し訳ありません……ああっ！　難しくて……お……お許しくださ
い……いたっ！　ああああっ！」

タクトでのお仕置きに、華子は額に汗を浮かべて身を捩る。乳房が波打った。

「お前はいったいヤル気があるのか！　私を真に尊敬しているなら、私の曲を聴いただけで昂ぶり、反射的にイッてしまうようになるのが理想なんだ！　華子もそうなれるよう、特訓したまえ！」

モーツァルトは大きな声で威嚇《いかく》しながら、華子の尻をタクトで打ち続ける。華子は顔を顰め、絨毯をギュッと握って叫んだ。

「ひっ……ご……ごめんなさい……ちゃんとイキますから……いたっ……きゃあぁっ！」

彼女の白い尻には、微かな蚯蚓腫《みみずば》れが浮かび始めていた。痛みをこらえて身をくねらせる華子からは、被虐《ひぎゃく》の色香が匂い立ち、モーツァルトのズボンの前は膨れ上がっている。

彼は叩くのをやめると、妖しい笑みを浮かべながら、今度はタクトで華子の尻をそっと撫でた。

「ふふふ……お前の尻、真っ赤になってしまったな。どうだ、反省したか。うん？」

華子は四つん這いの姿のまま、潤んだ瞳でモーツァルトを見上げた。

「はい……頑張ります……。痛かったんですよ、もう……」

華子はそう言って、「いやいや」というように尻を大きく振った。モーツァルトはタクトを巧みに動かし、純白のショーツを完全に脱がしてしまった。ショーツが、四つん這いの華子の足首へと落ちる。

「ああん……いや……恥ずかしい……」

黒々とした陰毛に囲まれた秘部を露わにし、華子が身をブルッと震わせた。モーツァルトは彼女の腿の間に自分の足を入れ、より見えるように、広げさせた。

「ああ、良い眺めだ。白い太腿の奥、猥褻なほどに赤い女陰が、息づいている。うん？『痛かった』『恥ずかしい』と言いながら、どうしてお前のここは、こんなにびしょ濡れなんだい？ ローストビーフの色合いだったお前の陰部は、いまや赤く濡れ光って、生肉のようになっているぞ。あ……白い汁が垂れた。疼いているんだろう、何かを咥え込みたいかのように、口を開いて伸縮している……」

モーツァルトはそう言いながら、彼の手で華子の尻を直《じか》に触った。

「はあああっ……あぁんっ……モーツァルト様……」

楽聖の手の感触に、華子は官能の喘ぎを上げ、身悶える。白い大きな猫のように、しなやかに身体がしなった。華子は「もっと触って」というようにモーツァルトに尻を突き出したが、彼は軽く愛撫しただけで、すぐに手を離した。

「私のペニスがほしいんだろう？ でもダメだ。華子、まだ挿れてやらないぞ。私の曲に合わせ、私の合図とともにイケるようになるまで、私のペニスはお前に与えない。私に挿入してほしいなら、タイミング良く達することができるようになれ！ ……ほら、ペニスの代わりに、これを挿れてやるから」

モーツァルトは低い声で笑いながらタクトを逆にして、手に持つ柄《え》のほうを、華子の女陰にゆっくりと挿れていった。蜜が溢れる華子の女陰に、タクトの太い柄がずぶずぶと埋め込まれてゆく。

「あああんっ……あああっ……ああーーっ」

火照りきった秘肉に、異物感がたまらなく心地良くて、華子はタクトをしっかりと咥え込んだ。桜色の乳首がいっそう突起し、卑猥なほどに伸びる。

「さあ、特訓だ！　私の合図でイクんだぞ！」

モーツァルトは厳しい口調で言うと、右手でタクトを動かして華子の女陰を掻き回しながら、左手で再び指揮を始めた。〈夜の女王のアリア〉が流れる中、タクトで秘肉をこねくり回され、華子は悦楽で下半身が崩れそうになる。モーツァルトはタクトを上下左右に、ゆっくりねっとりと動かす。引っ張り、押し込み、抜けない程度に花びらの中で抽送し、回転させる。

「んんっ……はあああっ」

モーツァルトの曲と手の動きに合わせ、華子が腰を揺する。込み上げる快楽が抑えきれず、華子は身をくねらせた。

「あああっ……ダメ……ああーーーっ」

タクトでGスポットをなぞられ、華子が悲鳴を上げた。歯を食い縛る彼女を見下ろし、モーツァルトは低い声を響かせた。

「華子……花びらから蜜が迸り、乳首がツンと勃っている。いいぞ……もっと感じてみろ」

モーツァルトはタクトで華子の女陰を嬲《なぶ》り続ける。赤く腫れたGスポットを擦られ、狂おしいほどの快楽に突き動かされて、華子は右手の指で自ら乳首を弄り始めた。四つん這いだった彼女は、左手と両足で身体を支える姿になった。華子は夢中で尖った乳首を弄り回した。

「なんだ華子、我慢できずに自ら乳首の愛撫を始めたか。いいぞ、もっと大胆になれ！　快楽を貪《むさぼ》る雌になるんだ！　そして俺の指揮に合わせてイケ！　イクんだ！」

モーツァルトは薄笑みながら、タクトで華子の秘肉をこねくり回す。愛液が滑る、じゅぶじゅぶという卑猥な音が響いた。

「ああっ……あっ、あっ……うううんっ……ダメ……気持ちいい……ああーーっ」

華子は秘肉を蕩けさせ、乳首を自ら摘んで擦りながら、淫らに腰をくねらせる。彼女の桜色の乳首は、授乳中の母親のそれのように、伸びていた。

「ほら、ほら、ほら！　華子、感じろ！　感じまくってイキまくって、俺の曲を聴いただけで疼いてしまうほどになれ！　ほら！」

モーツァルトは左手で激しく指揮をしながら、右手でタクトを振り回して華子の秘肉をえぐる。華子は柔肌を染め、頬を火照らせ、息を荒げながら、右手を徐々に下半身へと伸ばしてゆく。華子は右手を乳首からクリトリスへと移動し、自ら蕾を慰め始めた。

「ああん……たまらない……気持ち良すぎて……ううん……あああっ」

華子は目を瞑り、唇に淫らな笑みを浮かべ、ぷっくりと膨らんだ蕾を指で激しく揉む。

「なんだお前、今度はクリトリスを触り始めたのか。イキそうなんだろ。ふふふ……腰が激しく動いている。タクトを咥え込んだお前の女陰がめくれると、中の真っ赤な秘肉が覗くぞ。そんなに気持ち良いか？　うん？　世界的プリマドンナのお前も、一皮剝《む》けば淫蕩な雌猫だ。ああ……凄い力でタクトを締めつける。咥え込んで離さないぞ……」

モーツァルトは鼻息荒く、タクトを動かし華子を嬲る。華子は腰を揺さぶり、上半身を反らせ、快楽を貪り続ける。クリトリスを擦る指の動きが速くなった。

「ああっ……イキそう……モーツァルト様……素敵……あっ、あっ、あっ……ああああっ」

華子の小鼻が膨らみ、頬が紅潮し、乳首が淫らに突起する。その時、モーツァルトが左手を彼女の眼前に突き出し、大声を上げた。アッチェレランドが掛かり、曲が最高潮に達した時だった。

「今だ。華子、イケ！」

　華子は我に返ったように、瞑っていた目を開き、モーツァルトの指先を見つめた。その時、蕩けきった秘肉の中で、何かブチッと千切れるような衝撃があった。でもまったく痛みなどはなく、その後、怒濤《どとう》のような快楽が押し寄せた。

「んんんんっ……はあああっ……くううっ」

　華子は全身を小刻みに震わせ、凄まじいエクスタシーを享受《きようじゆ》した。快楽が激しすぎて、喘ぐのも苦しいほどだ。華子は美しい顔を歪めて、絨毯の上に倒れ込んでしまった。

「華子、お前、潮を吹いたな。お前の膣から、透明な液体が飛び散ったぞ。ふふ……可愛いヤツだ。お前の花びら、白い愛液を垂らしながら、息づいている。ゆっくりと伸縮してるぞ」

　華子は汗ばんだ身体を絨毯に横たえ、恍惚として指を噛んでいた。女陰が痙攣《けいれん》し、蕾も痺れ、下半身が小刻みに蠢く。エクスタシーを得て、華子の肌はますます白く透き通り、美しく輝いていた。

　モーツァルトは華子を抱き上げ、ベッドへと運んだ。そしてそこへ寝かせると、彼女に覆い被さりながら、ズボンのファスナーを下ろした。

「特訓のおかげで、俺の指揮に合わせてイケるようになったな。いい子だ。その調子で、これからも感度良く、何度でも達するようになれよ。……ちゃんとイケたから、私のペニスを与えてあげよう。お前があんまり痴態を見せるから、とても大きくなってしまったよ……ふふふ」

モーツァルトは低い声で囁きながら、いきり勃ったペニスを、華子の赤く蕩ける秘肉へと埋め込んでいった。

「はあああっ……ああっ、モーツァルト様……素敵……あああーーーーーっ！」

華子は悦びの悲鳴を上げた。天才モーツァルトのペニスを咥え込み、華子の全身に稲妻のような快楽が走る。極度に興奮しているので、華子はモーツァルトに挿入されただけで達しそうになり、恍惚とした。

「ううう っ……華子……よく締まる……くううっ……気持ちいい……」

モーツァルトは燕尾服を着たまま、下半身だけを剝き出しにして、華子を犯した。

再び、中条邸

雨継から絵画を取り戻すと、夏美は冬花とともに早速それを中条のもとへと届けた。

「実によくやってくれた！　君たちには心より感謝するよ！　まことに有難い。……もうこの絵を離すものか。金庫の中に仕舞っておくよ！」

中条は胸を撫で下ろし、高らかに笑った。

「はい。しっかり保管しておいてくださいね」

夏美は中条を軽く睨んで、笑みを浮かべた。

三人は絵画の奪回を祝い、再びシャンパンで乾杯した。中条はソファにゆったりと腰掛け、葉巻を吹かしながら、言った。

「しかし、まだ油断は禁物だ。天龍雨継という男、絵をおとなしく返したものの、もしかしたら密かに警察に話すかもしれない。夏美君、注意しておきたまえ」

夏美は腕を組み、頷いた。

「ええ。仰るとおり、安心するのはまだ早いと思いますわ。でも、もし仮に雨継が警察に話したとしても、中条様が絵をしっかり仕舞っておいてくだされば、証拠は何もありませんから。私が警察に何か訊かれても、知らぬ存ぜぬで通してしまえば、決定的な証拠がないことには逮捕には至らないでしょう。殺人が絡んだ事件でもありませんから、まさか警察に拷問《ごうもん》されるなんてこともないでしょうし」

そう言って夏美は余裕の笑みを浮かべた。度胸の据わった彼女に、中条と冬花もつられて表情を緩める。

「いや、頼もしいな。さすがは夏美君だ」

中条は夏美を賞賛し、目を細めてシャンパンを喉に流した。シャンパンをグラス一杯飲み干すと、中条は絵を入念にチェックして金庫に仕舞い、そして御礼の金を姉妹に渡した。

「ありがとうございます。有難くいただきますわ」

冬花がそれをバッグに収めると、中条は深い溜息をついた。そして姉妹の顔を交互に見て、訊きにくそうな顔をしながら、話を切り出した。

「ところで……夏美君、初めて乗り込んだ時、雨継の暗示にかけられた、って言ったよね。その……雨継は、何か淫らなことをするのかい？」

中条は口元に微かな笑みを浮かべているが、目は真剣だった。妻と雨継のことが気掛かりなのだろう。夏美はハッキリと答えた。

「いえ。雨継は手を出しません。何と申しますか……魔術に掛かったような気分になって、凄いエクスタシーが駆け抜けるんです。私なんて、指一本触れられませんでした。それなのに、物凄い快感なんです。彼が指を動かすたびに、身体がビクンビクンとなってしまって。まさに電流が駆け巡ると申しますか、今まで知らなかったような快楽なんです……」

そこまで言って、夏美は柄にもなく頰を赤らめた。雨継とのあまりに甘美《かんび》な秘儀を、生々しく思い出したのだ。そんな彼女の顔を、中条は頰杖をついて覗き込んでいる。夏美は気を取り直すように咳払いをし、続けた。

「だから奥様も、そのような戯れの虜《とりこ》になっていらっしゃるのだと思います。普通ではちょっと経験できないようなエクスタシーですから……」

中条は夏美の話に、再び溜息をついた。

「なるほどねえ。そんな快感を与えることができるなんて、陰陽師ってのは立派だなあ」

彼の言葉には多大なるイヤミが込められていて、夏美は苦笑した。そして、雨継について付け加えた。

「彼は確かにクセのある男ですが、真の悪人ではないでしょう。これは私の勘ですけれど。絵画のことも警察などに話したりしないと思います。そして……彼は女性には淡白です。仕事で会った人に、自分から手を出すなどということはありえないような気がします。ゆえに、奥様も単に魔術に掛かっているだけでしょう。雨継に手を出されているというようなことは、ないと思います」

夏美がハッキリと言ってくれたので、中条は安心したのだろう、葉巻を燻《くゆ》らせながら大きく頷いた。

達郎vs.鬼平警部

たまらない暑さゆえに達郎が素っ裸で爆睡していると、携帯電話が鳴った。達郎は気がついたが、「うるせえなあ」と呟き、腹をポリポリと掻いた。もちろん電話には出ない。寝続けたいから達郎は電話を無視するのだが、しつこく何度も掛かってくる。彼はさすがに布団から起き上がった。

「誰だ、朝っぱらから！」

達郎はついに携帯電話を摑んだ。掛けてきていたのは鬼平だった。達郎は頭を掻き毟《むし》りながら電話に出た。

「なんだよ、寝てたのによお」

無愛想な声を出す。受話器の向こうから、鬼平の怒ったような声が聞こえた。

「お前、もう昼だぞ！　まだ寝てたのか！」

達郎は目を擦りつつ、言い返した。

「昨日、取材が重なって遅かったんだよ。俺も大人だ。説教はやめてくれ！……で、なに？　なにか御用でも？」

鬼平は凄みのある声を出した。

「あの、お前が親しい姉妹、彼女たちについて詳しく訊きたいんだ」

達郎はふと真顔になり、顎をさすった。少し髭が伸びていてチクチクする。

「ほう、あの姉妹についてねえ。で、どんなことをお訊きになりたいんでしょう」

動揺を悟られぬよう、達郎はいつもどおりの軽い口調で返事をした。

「うむ。お前も知っていると思うが、葉山のホテル・タジオからクリムトの絵が盗まれた。三週間経って、やっと盗難届が出されたという事件だ。絵がすり替えられていたんだ。警備室のモニターに映る録画テープもな」

鬼平の話を聞きながら、達郎は煙草に火を点けた。一服すれば、気持ちが少し落ち着くと思ったのだ。達郎は煙を吐き出し、相槌を打った。

「ああ、あの事件ね。知ってるよ。で、それが彼女たちと何の関係があるの？」

「あの事件は、結局、警備員たちのヘマから起きたものだ。絵画が盗難される直前、おかっぱ頭の目鼻立ちがハッキリした美女が、菓子を持って彼らを訪ねてきたらしい。そしてその菓子に強力な睡眠薬が入っていたんだな。菓子を持ってきた謎の女のモンタージュを作成したら、それが目が覚めるほどの美人なんだ。そう、あの姉妹のどちらかぐらいにな」

達郎は布団の上で胡坐《あぐら》をかき、煙草を吹かす。腋《わき》の下、野性的な繁みから、汗の匂いが微かに漂った。

「へえ、謎の美女は、実は悪女だったのか。カッコいいじゃん！　でも、犯人らしき女とモンタージュが似ているっていうだけで、あの姉妹を疑うのはどうかな。それって実に短絡的な発想じゃないっすか？　警部とは思えないっすよ」

達郎の憎まれ口に、受話器の向こうで顔を真っ赤にしている鬼平が目に浮かぶようだ。案の定、鬼平は声を荒らげた。

「バ……バカにするな！　あの姉妹を疑っている理由は、もちろんそれだけではない！　事件当日、ちょうど犯行があった頃、ホテル・タジオから少し離れた場所で、不審な女を乗せたというタクシー運転手からも話を聞いた。その運転手が言うに、女は黒ずくめの格好で、大きなサングラスを掛け、大きな帽子を被っていたと。そして大きなスーツケースを大切そうに抱えていたと。髪型や顔はハッキリ分からなかったが、スタイルが良く胸もなかなか大きかったと証言している」

「なに、オヤジさんは、胸が大きい女という証言ぐらいで、あの姉妹を結びつけちゃうわけ？　日本の警察ってすげーなー」

達郎はフリチン姿で鬼平に挑む。

「違う！　話を最後まで聞け！　そして同時刻頃、レインコートを着てサングラスを掛けたスリムな女が、ホテル・タジオから駅への道を走ってゆくのを目撃したという人がいるんだ。雨の中、サングラスを掛けて軽やかに走っている姿が印象的だったらしい。おそらく、それが、菓子を持って警備室を訪れた女と同一人物だろう。つまりはこの事件、二人組の女が仕出かしたということだ！　これは今までの証言と合致する！」

達郎はハハハと大声で笑った。

「すげー推理だな、オヤジ！　確実な証拠もなく、罪なき姉妹を疑うなんて！　さすがは日本警察を背負って立つ、警部殿だ！　小学生並みの推理力には、まったく恐れ入るよ」

受話器の向こうで、鬼平の顔は茹《ゆで》ダコのようになっているだろう。

「き……貴様！　俺を侮辱《ぶじよく》するのか！　小学生並みの推理力って……畜生！　今、あの姉妹の過去を洗いざらい調べ上げているところだからな。必ずシッポを摑んでやる。警察舐めるなよ」

鬼平が脅かすように言って電話を切ろうとすると、達郎は急に猫なで声を出した。額に微かに汗が浮かぶ。

「それより警部さん、〈現代の陰陽師〉と呼ばれる、天龍雨継って知ってます？」

「天龍雨継？　ふむ、聞いたことはある名前だな。……なんだ、その陰陽師が何か関係あるのか？」

鬼平が問い返してきたので、達郎はほくそ笑んだ。

「いえ、これ、ライター仲間の間での極秘情報なんですけれどね、雨継って絵画のコレクターらしいですよ。あいつは金持ちだから、けっこうヤバイような絵も集めていると聞きます。あのクリムトの絵も、雨継が持ち出したんじゃないかって噂です。彼のこと、調べてみるといいですよ。式神という術を使って、自由自在に人を出現させたり消滅させたり、まさにマジシャンですもん！　弟子も数名いるようだから、そいつらに盗ませたのかもしれません。その謎の女たちも、ヤツの弟子かも。美人ばっかり揃えて、身の回りの世話をさせているらしいですから。その中には未成年もいるとかいないとか。まさにハーレムっすよね。……あ、マズいな、俺。週刊誌のスクープネタ、警部さんに喋っちゃったよ」

達郎は調子良く言って、受話器に向かって「あっかんべー」と舌を出す。あの絵は一周してもう中条の手元に戻ったので、鬼平を混乱させ、姉妹から目を逸らせるために、雨継の名前を持ち出してあることないこと言ったのだ。それに鬼平に雨継の名前を伝えておけば、彼の情報を今度は警察から貰えるかもしれないという計算もある。

「ほう、それは面白そうな情報だな。姉妹同様、少し探ってみるか。しかし、未成年の美女を弟子にしてハーレム……というのは、ホントだったら大問題だ。おい、その天龍雨継の家はどこか知ってるのか？　本名は？」

声の調子から、雨継に興味を持ったことが分かる。達郎は鼻をほじりながら答えた。姉妹を探られることの不安を隠しつつ、あくまで軽い口調で。

「住所や名前を突き止めるのが、警察の仕事でしょう。さっさと調べて、俺にも教えてくださいよ。有益な情報教えてあげたんだから、少しは感謝してよねー。あの雨継って男、もし絵画盗難に関わってないとしても、裏で色々あくどいことやってるみたいだからさ。調べ上げて損はないと思うよ。あ……俺、これから仕事で出掛けるんで。じゃーねー」

達郎は素っ気なく電話を切り、今度は股間をボリボリと掻いた。酷い暑さで少々蒸れているのだ。

指揮者とプリマドンナの寝室

「もう、なにやってるのよ！　何度も同じところを間違えて！」

華子の怒声が、稽古場《けいこば》に鳴り響いた。

「は……はい。申し訳ありません」

新進のソプラノ歌手、冴島香澄《さえじまかすみ》が深く頭を下げた。先ほどから華子に幾度も怒鳴られているので、香澄の目にはうっすらと涙が浮かんでいる。

「冴島さん、少し休憩してください。水でも飲んで、声の調子を良くしておいて。……華子さん、ごめんなさいね。彼女を抜かして、進めましょう」

香澄が怖がってしまって調子が出ないのが分かるのだろう、演出家の伊東《いとう》が配慮《はいりょ》する。

香澄が涙ぐみながら稽古部屋を出てゆくと、華子はフンと鼻で笑い、大声で言った。

「ホントにヘタクソよね！　よくあれでパミーナの役が演《や》れますこと！　伊東さん、あんな子、降ろしてしまえばよろしいのに」

華子は腕組みをし、威圧的な笑みを浮かべ、演出家に訴える。伊東は苦笑した。

「華子さん、後三週間しかないんだから、それは無理ですよ。どうか御機嫌なおしてください。……冴島も一生懸命やっているんですが、華子さんの前で緊張してしまうんですよ。世界的プリマの貴女と共演なんですもの、プレッシャーもひとしおでしょう。ね、彼女の気持ち、分かってあげてください。まだまだ駆け出しなんですから、彼女は」

華子を気遣いながら、伊東が言う。それでも華子は唇を尖らせ、そっぽを向いた。香澄は華子より三つ年下で、華奢な身体に似つかわしくないほどに声が出ると最近評判のソプラニストである。彼女はその香澄が気に食わないのだろう、何かにつけ罵倒《ばとう》するのだ。

華子たちは、三週間後に公演を控えているオペラの通し稽古をしていた。モーツァルト作のオペラ『魔笛《まてき》』で、華子は主役級の〝夜の女王〟を演じるのだ。冴島香澄が演じる〝パミーナ〟のほうが出番は多いが、圧倒的な見せ場があるのは〝夜の女王〟のほうで、それゆえに後者を演じたがる歌手も多い。派手で華やかな雰囲気の華子には、〝夜の女王〟はピッタリの役柄だった。

「華子、伊東君もそう言ってるんだから、分かってやりなさい。……まったく我儘《わがまま》な人だよ、君は」

部屋の片隅で見ていた邦夫《くにお》が、たまりかねたように意見する。世界的指揮者である後白河邦夫は、華子の夫である。稽古場には出演者始めスタッフなど色々な人がいたが、皆、華子が恐ろしくて、空気がピリピリとしていた。一流のプリマであり、後白河邦夫を夫に持つ華子には、誰も逆らえないのだった。

「ま、あなたが仰るなら、仕方ないわね。分かってあげるわ。でも、低レベルね、日本の歌手たちは。つくづく思うわ。海外の歌手には、私みたいに才能・容姿・スター性すべてに優れた人たちがたくさんいるのに、日本ではほとんどいないもの！　あのパパゲーノ役なんて太りすぎちゃって、傍に近寄られると汗臭くてたまらないわ！　オペラの舞台は養豚場じゃないのよ！　今度の舞台はスペイン王子だって見にいらっしゃるんでしょう？　もっと皆、気合入れてやりなさいよ！」

華子はまさに女王様然として、威嚇《いかく》するような目で皆を見回す。華子の叱咤《しった》は裏方にまで及んだ。

「ライト係！　貴方、私を照らす瞬間がいつも微妙にズレるのよね！　汗ダラダラ流してないで、ちゃんとやりなさいよ！　衣装係！　稽古で着るのはこれでも構わないけれど、本番はもっと光沢《こうたく》のある派手な黒のドレスにしてよ！　私の白い肌とグラマラスな身体を、最高にアピールできるような。私が納得できるドレス、徹夜してでも見つけてきなさい！」

華子は言いたい放題言って、練習もそこそこに稽古場をあとにした。華子は高飛車《たかびしゃ》だが研究熱心なので、今さら練習しなくても、〝夜の女王〟を完璧にこなせる自信があるのだろう。海外でも何度も演じている、華子の当たり役なのだから。

皆が華子に逆らえないのは、彼女のバックに後白河邦夫がいるというのもあるが、彼女自身が観客を動員できる力の持ち主であるということが、やはり大きかった。いくら我儘を言ってもそれが通り、周りをおとなしくさせてしまうのも、華子のスター性のなせる技なのだ。

☆

「まったく、君は女王様だな。少しは手加減してやれよ。冴島香澄が途中で歌えなくなったりしたら、君のせいだぞ」

邦夫はワインを飲みながら、華子に意見した。二人は稽古の後、行きつけのレストランで一緒に食事をしていた。

「あら、舞台で歌えなくなったら、プロ失格ってことよ。私、教えられたわ。歌手だったら、どんなことがあっても舞台に立ったら歌いきらなければいけない、って。私に怒鳴られたぐらいで歌えなくなるような根性無しだったら、さっさと廃業したほうがいいわ」

華子の真紅《しんく》に彩られた唇から、きつい言葉が次々と出る。彼女は赤ワインを喉に流し込みながら、フィレステーキを堪能していた。妻の顔を見つめ、邦夫は溜息をついた。

「まあ、君のその勝気なところに惚れたんだけどね、僕は」

華子も夫を見つめ返し、艶やかな眼差しを送った。

「あら、だって世界に通用するプリマでいるには、勝気じゃなきゃ無理ですもの」

二人は顔を見合わせ、微笑んだ。テーブルの上、キャンドルが揺れる。華子がいくら高飛車でも我儘でも、邦夫は十五歳年下の美しい彼女を心底愛しているようだった。食事の時間は、和《なご》やかに過ぎてゆく。

「でも……」

邦夫は、ステーキの脂で濡れ光る妻の唇に視線をやり、言った。

「仕事では相変わらずだけれど、華子、最近プライベートでは、心ここにあらずといったことがあるね。……今度の公演、大丈夫かな。まあ、君のことだから、心配は無用だろうけれど」

華子はワインを飲み干し、答えた。

「いやだわ、あなた、何を心配してらっしゃるの？　心ここにあらずなんてこと、ありません。公演だって、絶対に大丈夫。私、いつも以上に張りきってますもの！　それに私には〈楽聖〉がついていますもの。私は〈楽聖〉に愛されている女よ……」

華子は夫を濡れる眼差しで見ながら、含み笑いをした。

☆

邦夫と華子の邸宅は、世田谷の田園調布《でんえんちょうふ》にある。二人は食事を終えると、帰宅した。

「旦那様、奥様、お帰りなさいませ」

お手伝いの幸江《ゆきえ》が二人を迎え入れる。広く豪華な邸宅は、ヨーロッパの小さな城のようだ。玄関にも、廊下にも、家の至るところに、薔薇や蘭や百合など美しい花々が飾られていた。

華子がシャワーを浴びて夫婦の寝室に行くと、邦夫が先にベッドに入っていた。ブルックナーの交響曲第七番が静かに流れている。邦夫はベッドの中で、海外のクラシックマガジンを読んでいた。華子は薄紫のネグリジェ姿で、ベッドに潜り込んだ。邦夫の首に、腕を伸ばす。

「さっきワイン飲んだから、身体がまだ火照ってるの。ねえ……抱っこして」

年が離れているせいか、華子は夫にはかなりの甘えん坊なのだ。そして邦夫は、普段は女王様然としている華子の、そのようなギャップにも惹かれているようだった。

邦夫はマガジンを閉じ、華子を抱き締めた。

「君のこと、少しだけど書いてあったぞ。『日本が誇る、最高の才能と美貌を併せ持つプリマドンナ』ってね。……そんな女を抱ける僕は、最高に幸せ者だ……ああ」

邦夫は華子の耳元で囁きながら、彼女の豊かな身体をまさぐる。薄明かりの中でも、互いはじゅうぶんに見えた。夫の愛撫で、華子の火照った身体は、ますます熱を帯びてゆく。

「ああん……あなた……素敵……」

華子は邦夫の首に腕を回し、悶えた。邦夫の手が、華子の豊かな乳房を、尻を、太腿を撫でる。華子はそれだけでも疼き、身体の芯が蕩けてゆく。

「あっ……はああっ……あんっ……ああっ」

悩ましい声を上げて身をくねらせる妻に、邦夫は囁いた。

「華子、ずいぶん感度が良くなったたな。前も決して悪くはなかったけれど、結婚当時に比べると……なんと言うか、開発されているというか、とにかく凄い色気だ……戸惑ってしまうほどに……」

邦夫は華子に覆い被さり、股間を押しつける。彼のペニスは既にいきり勃っていた。華子は薄笑みを浮かべ、邦夫にキスをし、彼の耳元で言った。

「開発したのは、あなたでしょう？　私が色っぽくなったとしたら、それは、あなたのこれを挿れられているからよ……こんなに大きなものを……」

華子は邦夫の股間に手を伸ばし、パジャマ越しにペニスをそっと摑んだ。邦夫の息が荒らぐ。華子は夫の股間を弄りながら、少しずつ下へと滑ってゆく。そして顔を邦夫の股に近づけ、華子は彼のパジャマと下着をゆっくりと脱がした。いきり勃つペニスが現れると、華子はそれを見て目を潤ませた。

「ああん……大きくて、黒くて、太くて、なんて逞しいの……あなた、素敵……」

華子は恍惚として言いながら、ペニスを口に含んだ。邦夫は豊満な華子と違って細身だが、男根はかなり大きい。華子は亀頭を咥え、舌を絡ませて舐め始めた。こぼれるカウパー液も掬い取る。邦夫はのけぞった。

「ううっ……華子……気持ちいい……くうううっ」

妻に先端をペロペロと舐められ、こらえきれぬ快感が走るのだろう、邦夫は呻き続ける。華子は亀頭を舐め回すと、竿全体を頰張り、舌をねっとりと絡ませる。棒付きキャンディをしゃぶる舌遣いで、華子は夫のペニスを貪った。

「美味しい……あなたのお肉……ううん……美味しい……んんんっ」

華子はうわ言のように囁きながら、夢中で口淫する。オペラ歌手だけあって、肺活量が多いので、吸い上げるようなフェラチオだ。邦夫は歯を食い縛り、華子の頭を優しく摑んで、腰を小刻みに蠢《うごめ》かした。激しい快楽に、腰を動かさずにはいられないのだろう。

「ああっ……華子……凄い……うううっ……気持ちいい……ぐううっ」

華子は股間から顔を少し上げ、上目遣いで夫を見る。邦夫が悦んでいるのが嬉しく、華子は妖しく微笑み、舌をさらに淫らに蠢かした。竿全体に唾液をたっぷり塗《まぶ》し、首を上下に動かして、肉厚の唇で擦る。

「くううっ……ああっ……もうイキそうだ……あああっ……華子、イッてしまうよ……ぐううっ」

邦夫は呻きつつ、自ら腰を振る。華子の口の中で、彼のペニスは膨れ上がっていた。

「あなた……いいわよ、イッても……ミルクを飲ませて……ううん……美味しくて感じちゃう……ミルク、ちょうだい……ふううっ」

逞しい肉棒を味わいながら、華子は乳首を突起させていた。フェラチオの興奮で、薄紫色のショーツにも愛液がたっぷりと滲んでいる。華子は夫の精液を吸い取りたいかのように、ペニスを舐め回しつつ唇で擦った。邦夫のペニスが華子の口の中で怒張する。

「ううう……ああっ……くうううっ」

低い呻き声を上げ、邦夫は達した。膨れ上がったペニスが爆発し、白濁液が華子の口中に飛び散る。強い快感が込み上げるのだろう、邦夫はシーツを摑んで、下半身を震わせた。

「んんっ……ふううっ」

華子は鼻息を荒らげ、白濁液を口で受け止めた。そして口に溜まったそれを飲み干し、豊かな身体をくねらせて、言った。

「ああん……あなたのミルクって、美味しい……」

精飲した華子からは、ますます艶かしい色香が匂い立っている。邦夫はグッタリとしながらも、妻の柔肌を撫で回した。ネグリジェの胸元に手を入れ、乳房に触れる。

「乳首が勃っているぞ。舐めながら興奮していたのか？」

華子は邦夫に悩ましい眼差しを投げ、笑みを浮かべた。

「ええ……だって、あなたのあれってとても大きいから、舐めているだけで昂ぶってしまうのよ……あら、ミルクがまだ滲んでるわ」

邦夫のペニスは萎《しぼ》んでいたが、精液が微かに漏れていた。華子は目を妖しく光らせ、再び夫の股間に顔を埋め、そして縮まったペニスを口に含んだ。

「おい……よせよ。イッたばかりで、くすぐったい……無理だよ……おい、ううっ」

華子は飢餓状態の肉食動物のように、夫の肉棒を貪る。舌を絡ませ、ねっとりと舐め回し、吸い上げながらしゃぶっていると、萎んだペニスはみるみる回復してゆく。邦夫の男根は妻の口の中で、再び太く硬くなり、逞しさを取り戻した。

「なによ……またすぐ大きくなったじゃない……あなただってスケベだわ」

華子は悪戯《いたずら》っ子のように言いながら、挑発的にむっちりとした尻を振る。邦夫は華子の栗色の髪を撫で、官能の吐息を漏らした。

「お前のフェラが上手だからだよ……こんなに上手だったっけ……すぐ勃っちゃうよ……くうううっ」

猫のような舌遣いでペニスの先っぽをペロペロと舐められ、邦夫は身をのけぞらせた。

「美味しい……ううん……美味しい……」

膨れ上がったペニスを貪りつつ、華子は右手をそっとショーツの中へと滑らせた。そして自ら女陰に触れ、指でそっと擦り始めた。疼いて仕方がないからだ。溢れ出る蜜が華子の指に絡まった。

フェラチオしながら自慰をする妻の痴態に、邦夫はいっそう刺激されるのだろう、彼のペニスはさらに猛る。つい先ほど射精した四十四歳の男性のそれとは思えぬほどの、元気さだ。華子が纏っている薄紫のネグリジェは透けているので、彼女の艶かしい身体のラインがよく分かる。それを見ているうちにたまらなくなったのだろう、邦夫が呻いた。

「ああっ……それ以上されるとまた出ちゃうから……そろそろ挿れよう……ううっ……本当に、出る……よせよ……くううっ」

邦夫は華子の顔を摑み、口淫をやめさせようとした。しかし華子はヒルのように吸いついて離れない。

「華子、挿入はいいのかい？　あっ……あっ、あっ、あああっ！」

華子の舌が凄まじい勢いで動き、邦夫のペニスのツボを刺激した。その途端、邦夫は雄《お》叫《たけ》びを上げて再び達してしまった。ペニスが痙攣しながら、白濁液を放出する。邦夫はエクスタシーに顔を歪め、目を瞑っていた。

「ふううん……ううんっ……」

華子はまたも精液を口で受け、それをゴクリと飲み干した。そして恍惚とした笑みを浮かべ、唇を舐めた。

「美味しかったわ……さっきよりは量が少なくて、味も薄かったけれど……ふふふ」

ミルクの洗礼を二度も受けた華子は、淫靡に輝いている。そんな妻を眺め、邦夫は溜息をついた。

「凄いな、君は。僕は吸い取られてばかりで、干からびてしまいそうだよ……もう、今日は無理だ」

二度射精した邦夫のペニスは、全精力を搾り取られたかのように、小さく縮こまってしまっていた。華子は薄笑みを浮かべ、ぐったりとベッドに横たわっている邦夫に、覆い被さる。そして夫に身体を押しつけ、彼の耳元で囁いた。

「あら、まだまだこれからよ。あなた、挿れたいんでしょう？　私のオマンコに……」

美しい妻の口からこぼれる卑猥な言葉に、邦夫は動揺したように目を瞬かせる。

「世界が注目するプリマドンナが、そんないやらしい言葉を放つなんて……。世間の人々は、誰一人思わないだろうな。後白河華子がベッドの上ではこんなに淫らだなんてね」

邦夫はそう言いながらも、華子の身体を撫で回した。豊かな乳房や尻の感触が、手に心地良いのだろう。

「うふふ……そんなに淫らかしら、私」

華子は夫に乳房を擦りつけ、甘える。

「ああ。淫ら以上だ。猥褻なほどだ」

邦夫はそう言って、華子の鼻の頭を指で軽く突いた。二人は微笑み合う。華子は夫の耳元でまた囁いた。

「ねえ……私のいやらしい部分、見たいでしょ？　いいわよ、見ても。さっきから感じすぎちゃって、熱く蕩けてるわ……」

邦夫が妻を見つめる。華子は邦夫の股間に手を伸ばした。彼のペニスは、再び硬くなり始めていた。

「私が猥褻なら、あなたは絶倫ね。……あ、また大きくなってきた……」

華子は邦夫のペニスを弄りながら、彼の耳に息を吹き掛ける。

「まったく……華子の手に掛かると、何度でも復活してしまうよ……ううっ」

華子の美しい手で扱《しご》かれ、邦夫のペニスは勢いを取り戻してゆく。邦夫は妻の腕を摑んで、ベッドに押し倒した。そしてネグリジェを捲り上げ、足を大きく開かせた。薄紫色のショーツに包まれた、下半身が露わになる。

「そんなに見てほしいなら、見てやるぞ。じっくりとな。……あ、華子、ずいぶん感じていたんだな。下着がべっとり濡れてるぞ。中はどうかな……」

邦夫は薄笑みを浮かべ、ショーツを脱がす。華子の、ローストビーフの如き色艶の秘部が曝け出された。

「ああん……見られると、感じちゃう……ふううっ」

夫に秘肉をじっくり見られ、華子は羞恥と快楽に喘ぐ。妻の熟れきった女陰を見て、邦夫はしたなくも生唾を飲んだ。華子の女陰は、まるで生き物のように息づいて、伸縮していたからだ。

「華子……お前のここは、何度見ても興奮する……見るたびに卑猥さが増しているような気がするのは、なぜだろう……ああ、感じる」

邦夫は妻の秘部を見つめながら、ペニスを押さえる。彼の男根はすっかり回復し、膨れ上がっていた。華子は大股開きのまま薄笑み、腰を艶かしくくねらせた。

「それは、あなたにいつも抱かれているからよ……あなたのオチンチンを咥え込んで、私のここは淫らに卑猥になったの……あなたのせいよ……ほら」

華子は「見て」というように、自ら右手の中指と人差し指で、女陰をグッと押し広げてみせた。充血した赤い秘肉が覗く。妻の痴態に、こらえきれなくなったのだろう、邦夫が彼女に伸《の》し掛かった。

「訊いてやるぞ、おまえの身体に。これほど艶っぽくなった、真の理由《わけ》を……」

邦夫はそう呟き、熱を帯びたペニスの先を、華子の膣の入り口へと押し当てた。

「ああああっ……あああーーーーっ」

邦夫の猛るペニスが、華子の花びらを貫く。夫の太く硬い男根が心地良くて、華子は口元に涎《よだれ》を浮かべて悶えた。華子の身体は、以前よりも乳房と尻にハリが出て、胴がくびれている。妻の肉体がより美しく淫らになっていることに、邦夫も気づいているだろう。彼は妻への漠然とした疑念を忘れたいかのように、彼女の秘肉を強くえぐった。

「華子……凄い……よく蕩けて……気持ちいい……くうっ」

妻の秘肉を突き刺しながら、邦夫が呻く。華子の花びらは邦夫のペニスを奥深く咥え込み、襞《ひだ》を絡ませ、キュウッと締めつけた。華子の襞はイソギンチャクのようにざわめき、邦夫の肉棒を引っ張り、くすぐり、擦り上げる。生暖かな秘肉の中で、彼のペニスは怒張した。

「あっ、あっ、あなた……素敵……」

華子はプリマらしく大きな声で喘ぎ、貪欲に腰を揺さぶる。邦夫は歯を食い縛り、妻の秘肉を突いた。

「あなた……もっと……もっと強く……奥まで……あああっ」

華子は邦夫の腰に足を絡ませ、悶絶する。彼女からは淫猥な雌の色香が匂い立っていた。邦夫は華子の豊かな乳房を揉みしだきながら、腰を激しく打ちつけた。乳房の柔らかな手触りが心地良いのだろう、彼の男根はいっそう肥大した。

「素敵だ……華子……ううっ……イキそうだ……くうううっ」

華子の膣に締めつけられ、襞に擦り上げられながら、邦夫のペニスが爆発した。妻の中に白濁液を飛び散らせる。

「あああっ……気持ちいい……あなた……んんんっ」

膣にヌルッとした液体の感触を得て、華子も達した。秘肉が勢い良く伸縮し、クリトリスが痙攣する。邦夫も華子も強いエクスタシーを得て、下半身を痺れさせた。華子の桜色の乳首は、硬く長く突起していた。

妻の痴態

邦夫が書斎でクラシックの評論を書いていると、お手伝いの幸江が郵便物を届けにきた。

「速達で送られてきて、『重要』と印が押してあります。危険なものは入っていないようですが……」

邦夫は幸江から郵便物を受け取り、差出人を確認した。株式会社・北斗出版、町山と印刷されている。

「北斗出版って、百科事典や美術書などを刊行しているところだな、確か。なんだろう。この厚さだと、カタログか何かを送ってきたのかもしれない。……ありがとう。いいよ、下がって」

幸江は邦夫に礼をし、書斎を出て行った。邦夫は引き出しからペーパーナイフを取り出し、丁寧に封を開けた。

中に入っていたものを見て、邦夫の顔色が変わった。

それは、妻である華子の、淫らな写真だった。相手の男は手しか写っていないが、華子の裸体は鮮明に撮られている。

写真は二十枚ほど入っていて、邦夫は顔を強張らせ、手を震わせながら、一枚一枚見た。タクトで乳首を突いているショットや、タクトを秘部に挿入しているショットまであった。どれも目を逸らしたくなるようなものだが、邦夫は心を凍《こお》りつかせながらも、見ずにはいられなかった。

すべてを見終わると、邦夫は椅子に座ったまま、暫《しばら》く身動きできずにいた。妻がタクトで嬲《なぶ》られている姿を見て、指揮者である彼は、よけいに打撃を受けたのだ。彼の顔は蒼ざめていた。

邦夫は頬杖をついたままじっとしていたが、「くそっ！」と唸り声を上げ、机を拳で叩いた。そして彼は頭を抱え込み、歯軋《はぎし》りをした。激しい怒りのせいだろう、酷い頭痛が邦夫を苛《さいな》む。邦夫はペーパーナイフを摑んで振り上げ、力任せに床に叩きつけた。

☆

春野邸では、達郎も交え、ちょっとした作戦会議を開いていた。どうやら鬼平に目をつけられているようなので、如何《いか》にして彼を欺《あざむ》くか、といったことだ。

「大丈夫でしょ。あの刑事さん、成り上がりかもしれないけれど、なんだかドジみたいだもん。あの手のタイプは、簡単に煙《けむ》に巻けるわよ。それに事情聴取されたって、確実な証拠がなければ逮捕できないでしょうし」

夏美は余裕の表情で、アメリカン・チェリーを摘《つま》んで頰張る。冬花が紅茶を啜りながら口を挟んだ。

「お姉さま、刑事じゃなくて警部ですわ。……ま、確かに警部というほどの器でもないような気もしますけれど、あの方」

姉妹を交互に見つめ、達郎は思わず笑った。

「いやあ、さすがだなあ！　そうだよな、警察が怖くて、怪盗やってられねえよな！　やっぱりカッコいいなあ、二人とも度胸が据わってて」

感嘆の声を上げる達郎に、夏美と冬花は微笑みながら声を合わせて言った。

「ええ、私たち、あんな人には捕まりませんわ。決して」

彼女たちの表情には〝プロの怪盗〟としてのプライドすら感じられ、達郎は眩《まぶ》しそうに目を細めた。

作戦会議も呆気なく終わり、三人はいつものように雑談しながら飲み食いを始めた。この三人は何かにつけ、しょっちゅうホームパーティーをしているのだ。夏美のお気に入りの『セックス・アンド・ザ・シティ』のＤＶＤを見て盛り上がり、各々好きな酒を好きなだけ飲む。こんなふうにダラダラと朝まで過ごすことも、しばしばだった。

「あー、よく飲んだ。酔っちゃったわあ」

夏美がソファにごろんと横になる。部屋に流れるアルバート・キングの音楽に合わせ、足をぶらぶらと揺らした。

「お姉さま、お行儀悪いですわね」

冬花は姿勢良く座り、チキンサラダを頬張っていた。そんな彼女を見つめ、達郎が言う。

「冬花さん、近頃ずいぶん食べるようになったよね。それなのにそのスタイルを維持しているんだから、たいしたもんだ」

冬花は照れくさそうに笑った。

「最近、身体を鍛えているせいか、お腹が空きますの。食べたぶんを消化しようと思って身体を動かして、またお腹が空いて食べて……の繰り返しですわ」

「いいことだよ。健康な証拠だ。俺も酒ばっか飲んでないで、何かスポーツでも始めるか。ジーパンが少しキツくなってきたんだよな、最近」

達郎は腹をさすって溜息をついた。ソファに寝そべったままチーズを摘んでいる夏美が、彼に言った。

「筋トレしなさいよ、達郎さん。マッチョはモテるわよ、やっぱり。達郎さんはもともとガッシリしてるんだから、少し筋トレしたらすぐにマッチョになれるわよ」

「え、そうかなあ。じゃあ、マッチョを目指すか！　白いタンクトップが似合うような」

達郎がすぐその気になる。

「そうよ、筋肉隆々の男って、セックスアピールあるもの。ね、冬花もそう思うでしょ？」

姉に同意を求められ、冬花が答えた。

「健康のために運動をするのは素敵ですが、別にマッチョになるために無理に運動することはないと思いますわ。それに、人間ってやはり中身ですし」

冬花は薄笑みを浮かべて、達郎を見た。

「そ……そうだよね！　男は、筋肉の量じゃないよね、中身だよね！　やっぱり冬花さんはいいこと言うなあ」

達郎はデレデレと鼻の下を伸ばす。夏美は呆れ顔で、ワインを口に含んだ。

「いいわね、お二人とも気が合って。仲良きことは美しきかな、よね。あーあ、なんか、つまんなーい」

子供のように唇を尖らせる夏美を、冬花も達郎も微笑みながら見つめた。

ＢＧＭのアルバート・キングのＣＤが止まると、冬花が言った。

「今度は、私の好きな音楽を掛けてもよろしいかしら？」

「いいわよ、さっきからずっと私好みの音楽ばかりだったから」

酔いが醒《さ》めてきたのだろう、夏美は起き上がって、ソファに座り直した。達郎に水の入ったグラスを渡され、一気に飲み干す。冬花は、バーンスタイン指揮のブラームス『交響曲第四番』のＣＤを掛けた。優美で魅惑的な調べが流れ始める。達郎は何かを思い出したように「あっ」と小さく叫び、鞄の中から週刊誌を取り出した。

「冬花さんはクラシック好きなんだよね！　じゃあ、ゴシップだけど、こんな記事も興味あるかな？」

達郎はニヤリと笑って週刊誌を開き、あるページを姉妹に見せた。その見出しには、

「世界的指揮者・後白河邦夫氏、美人プリマ・後白河華子氏。誰もが羨《うらや》むカップルに危機？」とあった。

「『週刊特選』最新号の記事だよ。クラシック界のおしどり夫婦と言われる後白河夫妻のゴシップだ。俺の友達が書いたんだけれど、なかなか興味深いネタだ」

達郎が突き出したページを覗き込み、夏美が言った。

「後白河夫妻か……。私はクラシックには詳しくないから、この人たちのことをよく知らないわ。……ふうん、『オペラ公演の練習中も、この頃二人は口をきかない』って書かれてあるわね」

後白河邦夫と華子のことを、冬花はもちろん知っていた。

「冬花はクラシックもオペラも好きだもんね」

「ええ、後白河夫妻、お二人でマンションのCMにも出てらっしゃるわ。……でも、後白河華子さんは、けっこう悪名高き方ですわね。まあ、人の噂なんて、分かりはしませんけれど」

「どんなふうに悪名高いんだい？」

達郎が訊ねると、冬花が答えた。

「とにかく高飛車なんですって。まあ、『世界的な美人プリマ』と謳《うた》われていらっしゃるような方だから、やはり普通の感性が欠落なさっているのかもしれませんわ。でも、歌は確かに素晴らしいと思います。良くも悪くも、華子さんは芸術家なのでしょうね」

「うん……後白河華子がタカビーというのは、よく聞くな。この記事、なかなか評判良かったから、俺も後白河夫妻について追ってみようと思ってるんだ。『週刊特選』には、友達と交互で寄稿してるからね」

「よく分からないけれど、叩けば色々出てきそうな夫婦ね」

夏美がからかうような口調で言う。三人は顔を見合わせ、ニヤリと笑った。

☆

達郎が早速興味深い話を仕入れてきたと言うので、姉妹はスポーツクラブ帰りに彼と待ち合わせをした。クラブの近くの喫茶店に、達郎にきてもらう。

「面白い噂を聞いたよ。なんでも後白河華子も天龍雨継といい仲らしい。一時、声の調子が悪かった時に雨継に占ってもらい、それからの付き合いだそうだ。それが原因なのか、後白河邦夫は、最近よく独りでヤケ酒を飲んでいるらしいよ」

雨継の名前が出た時、夏美の顔色が変わったのを、冬花は見逃さなかった。夏美は動揺を隠すように、わざとらしい明るい声で言った。

「へえ……雨継ってホントに顔が広いのね！　プリマドンナとも仲良しだなんて。女にも意外にモテるんだ……男だけじゃなくて」

「まあ、華子とどれぐらいまでの関係かは、よく分からないけれどね。雨継の名前まで出てきて俄然面白くなってきたから、もう少し後白河夫妻のことを追ってみるよ。じゃ、俺、取材続けるから、これで。何か新しい情報が入ったら、また連絡する」

達郎は立ち上がろうとしたが、夏美を改めて見て、言った。

「ところで夏美さん……オシャレ変えた？　最近、カジュアルな服よく着てない？　今日もTシャツにジーンズだし。胸も隠してるよね、この頃。前は、胸の谷間バーン、半乳なんて当たり前だったけれど。心境の変化？」

夏美はアイスコーヒーを飲みながら、達郎を軽く睨んだ。

「私が何を着ようが、放っておいてよ。ほら、くだらないこと言ってないで、取材に行くんでしょ！」

「あ、なんか気分害したみたいだね。ごめん、ごめん。でもカジュアルな格好も似合うと思ってさ。じゃ、俺は退散します。またねー」

達郎はいつもの調子で、去っていった。二人きりになると、冬花が姉に訊いた。

「お姉さま、どなたかに言われたんじゃありません？『セクシー全開の格好より、セクシーを抑えた格好のほうが似合う』というようなことを」

夏美は妹の問いに答えず、アイスコーヒーを黙々と啜る。冬花は静かな笑みを浮かべて、姉を見つめていた。

指揮者の苦悩

達郎は、オペラの稽古場が入っているビルの近くで、張り込んでいた。後白河邦夫を待っているのだ。邦夫は午後七時過ぎにビルから一人で出てくると、タクシーに乗り込んだ。達郎も急いでタクシーを拾い、気づかれぬように注意しながら邦夫の後をつけた。

邦夫を乗せたタクシーは、芝浦《しばうら》のホテルへと滑り込んだ。正面エントランスで降りた邦夫を、ホテルマンが恭《うやうや》しく迎え入れる。邦夫が中に入るのを見計らって、達郎は運転手に指示し、タクシーをエントランスに滑り込ませた。

達郎がホテルの中に入ると、邦夫の姿はロビーにもうなかった。

「まずいな……見失ったかも」

達郎は舌打ちし、邦夫を探し始めた。食事をしにきたフリをして、ロビーをすり抜ける。

「チェックインをするのに並んでる人たちがいるのに、ロビーから既に消えていたということは、宿泊するわけではないんだろうな。……それとも、誰かの部屋を訪れて、密会とか。そうすると、後白河夫妻、W不倫ってことになるな」

小声で呟きながら、達郎はエレベーターの前へ行ってみた。四台あるうち、二台が上昇しているところで、二台が下降しているところだった。上昇しているエレベーターをじっとチェックしていると、その内の一台が二十七階で止まり、もう一台が三十階で止まった。二十七階にはパーティーや会議などが催《もよお》されるバンケット会場、三十階にはレストランとバーがある。達郎は下降してきたエレベーターに飛び乗り、まず二十七階の行き先ボタンを押した。

バンケット会場では、何かが催されているようだったが、はっきりとは分からなかった。しかし中は盛況のようだ。笑い声やざわめきが漏れてくる。

「秘密の集まりか……。政治家の後援会か何かかな」

達郎は「ダメもと」で係員に訊いてみたが、もちろん教えてはくれなかった。達郎はバンケット会場の扉を名残惜しそうに見ながら、今度は三十階へと向かった。

最上階の三十階には、レストランとバーがあった。達郎は少し迷ったが、まずはバーの中を覗いてみることにした。バーのほうが入りやすかったからだ。

ボーイに案内されて、レインボーブリッジの眺めが良い窓際の席に座る。けっこう広い店内を見回して、達郎は思わず「あっ」と小さく叫んだ。カウンターに後白河邦夫が座っていたからだ。邦夫は不満げな表情でグラスを掴み、水割りを喉に流し込んでいた。眼鏡を掛けた横顔は、蒼ざめ、神経質そうに見える。

「妻の不貞が気になって、毎晩ヤケ酒というのは本当のことみたいだな。……それとも、誰かと待ち合わせをしているんだろうか」

達郎はビールを頼み、それを少しずつ飲みながら、邦夫から目を離さずにいた。邦夫は水割りを立て続けに四杯飲み、カウンターに肘をついて頭を抱える。悩み事に取りつかれているのだろう、達郎に尾行されていることにもまったく気づいていないようだ。

邦夫は何も食べずに酒だけ飲んでいたが、午後九時を回る頃、急に椅子を立った。そして会計を済ませ、青白い顔のままバーを出て行った。達郎も急いで、彼を追い掛ける。

達郎はバーを出たところで立ち止まり、邦夫がエレベーターに乗り込むのを見届けた。そして彼を乗せたエレベーターが何階に止まるのかを、しっかりとチェックする。バンケット会場がある二十七階で止まったので、達郎は「おや？」というような顔をした。エレベーターはすぐにまた動き出し、次に止まったのは地下の駐車場だった。

「バンケット会場に行ったのか？　でもあの酔い方でパーティーに出るとは思えない。二十七階で乗り込む人がいて、それで止まっただけかな？　だとすると地下に向かったということだが、タクシーできたのに、どうして駐車場に行くのだろう……」

達郎はライターらしい好奇心を剝き出しに、邦夫を追い続ける。二十七階で一度降りてみたが、やはり邦夫の姿はなかった。またもダメもとで係員に「今さっき、会場に入った人っています？」と訊いてみたら、今度は答えてくれた。

「いえ、いらっしゃいません。催しはもうすぐ終わりますので。……ところでお客様、この催しとはどのような御関係でしょう？」

係員は言葉遣いは丁寧だが目は猜疑心《さいぎしん》に溢れており、達郎は「あ、教えてくれてありがとうございました！」と御礼だけ言って、再び素早くエレベーターに乗り込んだ。

地下に降り、夜の駐車場をウロウロとしていると、柱の陰に後白河邦夫が佇んでいるのが目に入った。邦夫は眼鏡の奥の目に鋭い光を湛え、エレベーターに繫がっている入り口を睨んでいる。誰かが出てくるのを、待ち伏せしているのだろうか。

「もしかして……華子の浮気相手を待ってるのか？　その相手はもしかしてバンケット会場のパーティーに出ているとか……」

達郎の合点《がてん》がいった時、邦夫の様子が変わった。ハッとしたように目を見開き、顔が強張り、握った拳《こぶし》が震える。邦夫の視線の先を見て、達郎も息を呑んだ。

エレベーター口から、陰陽師・天龍雨継が現れたからだ。あのパーティーに出席していたたのだろう。すると停車していたリムジンから袴姿の男が二人出てきて、雨継のもとへと駆け寄った。

「雨継様、お待ちしておりました」

袴姿の男は弟子であろう。雨継は弟子二人にガードされ、駐車場を歩いた。

邦夫は何かに取り憑かれているかのような表情で、目を見開いたまま、雨継に近づいてゆく。邦夫には、雨継以外、周りは何も見えていないようだった。

「妻の、あの写真を送ってきたのは、君だね」

リムジンにまで近寄り、邦夫は雨継に声を掛けた。雨継は端正な顔を少しも崩さず、邦夫に一瞥《いちべつ》を投げる。邦夫は声を震わせ、続けて言った。

「いったい何が目的なんだ？　金か？　それとも誰かに頼まれたのか？」

真剣な顔つきの邦夫を嘲笑《あざわら》うかのように、雨継は何も喋らずただ薄笑みを浮かべている。邦夫が雨継に掴みかかろうとすると、弟子の一人が彼を振り払った。

「雨継様はお急ぎですから。暴力はいけません、警察沙汰になりますよ」

弟子の言い方は丁寧だが、どこか凄みがあり、邦夫はそれ以上はできなかった。雨継は邦夫を無視し、リムジンに乗り込んだ。弟子の運転で、邦夫を振り払うように去ってゆく。

雨継を乗せたリムジンが駐車場から出てゆくと、邦夫はフッと意識を失ったように倒れてしまった。極度の緊張と心労、そしてアルコールのせいだろう。倒れたはずみで、彼の上着の胸ポケットから何かが落ちた。茶封筒のようなものだ。達郎は邦夫へと駆け寄った。

「大丈夫ですか？　しっかりしてください」

達郎は邦夫を抱き起こそうとして、ポケットから落ちたものが目に入り、息を呑んだ。それは、後白河華子の淫らな写真だった。茶封筒の中から飛び出してしまっていたのだ。達郎は写真を拾い上げ、茶封筒に入れ直し、そっとジーンズのポケットに仕舞った。そして邦夫の介抱を続けた。「しっかりして」と身体を揺さぶっていると、邦夫は意識が戻り、目を開けた。

「ホテルの人に連絡して、救急車を呼んでもらいましょうか？」

達郎が言うと、邦夫は弱々しく頭を振った。

「平気です……貧血を起こしただけですよ。このところ疲労が溜まっていたので。……御心配お掛けして、申し訳ありませんでした」

邦夫は達郎に詫び、よろよろと立ち上がった。蒼ざめた顔のまま、服についた汚れを払い、身を整える。そして胸ポケットへと手を伸ばし、「あれ？」というような表情をした。

邦夫の顔はたちまち強張り、下を向いて必死の形相で何かを探し始めた。

達郎はジーパンのポケットから先ほどの茶封筒を取り出し、邦夫に見せた。

「お探しのものは、これではないですか。貴方が倒れた時、上着から落ちました」

邦夫は一瞬愕然《がくぜん》とし、震える手で、茶封筒を達郎から奪い取った。そして胸ポケットに収めると、「失礼」と言って、立ち去ろうとした。達郎は大きく息を吸い込み、言った。

「貴方……指揮者の後白河邦夫さんですよね。そして、写真に写っていたのは奥様の華子さん。落ちたはずみで、茶封筒から写真が飛び出してしまっていて……すみません、見てしまいました。いったい、何があったのですか」

邦夫は立ち止まり、ゆっくりと振り返った。夜の駐車場、オレンジ色のランプが煌々《こうこう》と灯っている。

「君は、いったい……」

邦夫は言葉が出てこないようだ。達郎は邦夫に近づき、身分を明かした。

「俺はライターです。申し訳ありません、奥様とのことで後白河さんにお話をお伺いしたくて、後を追っていました。先ほどの、天龍雨継との遣り取りも、陰で見ていたんです」

ライターと聞いて、邦夫の顔が引き攣る。プライドの高いであろう彼のことだ、恥を暴かれるのは耐え難い屈辱だろう。達郎は、邦夫のそのような心境を察していたので、彼をなだめるように言った。

「大丈夫です。このような状況ならば、貴方がた御夫婦のことは決して書きません。秘密も厳守します。……俺、実は雨継のことも追っているんです。彼の正体を突き止めたいと思っています。雨継は陰で怪しいことをやっているであろうに、今までボロを出さなかった。でも、もし、あのような写真を撮って送りつけたのが本当に雨継ならば、罪になると思います。お願いです、後白河さん、何があったのか、知ってることだけでもお話してくださいませんか。もし俺が約束を破って、写真のことや、貴方からお伺いしたことを記事にした場合、俺を訴えてくださっても構いません。信じてください」

達郎は真摯《しんし》な口調で話し、邦夫に名刺を差し出した。邦夫は顔を背《そむ》けて聞き、達郎の話が終わっても考えているような様子だったが、彼の名刺を受け取った。そして、苦渋の顔で頷いた。警察に話して公になってしまうぐらいなら、ライターに頼んで内密に調べてもらい、雨継を暴いてもらうほうがよいと判断したのだろう。達郎は邦夫の肩を抱き、励ますように言った。

「ありがとうございます。……ここではなんですから、場所を変えましょう。熱いコーヒーでも飲めば、気持ちも落ち着きますよ」

達郎と邦夫はホテルの近くの喫茶店に入り、隅の席に座った。火曜日の夜、店内は静かで客もまばら、話を聞くには好都合だった。

「妻の変化は薄々気づいていました」

邦夫はポツリポツリと話し始めた。彼の顔からは強張りは消えたが、酷く憔悴《しょうすい》しているような痛々しさがあった。

「確か華子さんは、一年ほど前に声の調子が悪くなった時に、雨継に治してもらったんですよね」

達郎の問い掛けに、邦夫は答えた。

「ええ……華子は、ある財界人のパーティーで雨継と出逢ったみたいです。それで親しくなり、雨継に喉のことを相談すると、すぐに治してくれた。おまけに以前よりも声の調子を良くしてくれた。それで華子は、すっかり彼を気に入ってしまったんです。……華子の声が前より良くなったのは、実際、確かなんですけれどね。声だけでなく、全体的に前より魅力が増しているのは、否めません。チケットの売れ行きも段違いになってきましたから」

邦夫は大きな溜息をつき、コーヒーを啜った。達郎は腕を組んだ。

「雨継は二年前ぐらいから急に表に現れ出したんですよね。それまでは身を潜めるような暮らしをしていたのに、突然マスコミにも登場し始めた。パーティーなどに現れるようになったのも、ここ一、二年と聞いています」

「パーティーなどで顔を売って、新規の客を増やしたいのでしょう。……まったく、あんな胡散臭いヤツに騙されるなんて、馬鹿なヤツだ、華子は」

邦夫は唇を噛み締め、拳を握る。「胡散臭い」と蔑《さげす》むべき男に妻をたぶらかされているのだから、邦夫の怒りも慮《おもんぱか》れる。達郎は訊ねた。

「写真を送ってきただけで、金は要求されていませんよね？」

「はい、今のところは……」

「では、金目的ではないということですね。とすると、嫌がらせか。……でも不思議ですよね、あの写真の件が雨継が仕組んだことととして、なぜ金を要求せずに後白河さんに嫌がらせする必要があるのでしょう。以前から、雨継とは面識があったのですか？」

「いいえ、実際に会ったのは今日が初めてです。……いくら考えても、私が雨継に恨みを買うようなことは、ないのです。では妻が彼に恨みを買ったのかとも考えられますが、華子は代金もちゃんと渡しているようですし、トラブルはないと思います。……とすると、考えられるのは、誰かが雨継に頼んで、私たちに嫌がらせをしているということです。私と華子に恨みを持っている人間が」

達郎は邦夫の顔を見つめた。

「貴方がた御夫婦に恨みを持っている人？　心当たりはあるのですか？」

邦夫は頷き、苦虫を噛みつぶしたような顔で話し始めた。

「実は私は、結婚する前、華子のほかに付き合っている女がいたのです。中堅のピアニストで、心優しい女性で、尽くしてくれました。でも華子のアタックが凄くて……その、なんと申しますか、〈百年に一人の逸材、美人プリマ〉などと騒がれていた華子に、私はつい目がくらんでしまったのです。結局私は、ピアニストよりも、華子を選びました。私たちの結婚は大々的に報道され、ショックだったのでしょう、そのピアニストの女性は自殺を図ったのです。不幸中の幸いか、未遂で済みましたが……」

達郎は邦夫をじっと見つめ、黙って話を聞いている。邦夫は続けた。

「しかし手首を切ってしまったので、後遺症が残り、ピアニストとしては致命的。表立った活動は、なくなりました。彼女の名前は、山名久子《やまなひさこ》です。二年前、私が四十二歳の時、三十二歳でした。彼女の行方《ゆくえ》は、はっきり分かりません。たぶん、実家に帰って療養しているのだと思います。そして……もしかしたら、彼女が陰陽師に頼んで、何かを企んでいるのではないかと思うのです。私たちに対する復讐を」

邦夫は鬱々とした表情で、頭を抱える。達郎は訊ねた。

「山名久子さんが自殺未遂された時、邦夫さん、貴方、お見舞いに行きましたか？」

邦夫は首を振った。

「行きませんでした。……いや、行けませんでした。華子に気を遣うあまり、久子との仲は絶対に報道されたくなかった。そうです……私は久子を棄《す》てたのです。あれほど尽くしてくれたのに、自分の身を守るために、彼女との過去を抹殺《まっさつ》してしまったのです。久子は……きっと、私を憎んでいるでしょう。酷いことをした私を、恨んでいるに違いありません」

邦夫は唇を噛み締め、身体を震わせた。邦夫の告白を聞きながら、達郎は思い出していた。冬花が語った、「後白河華子は悪名高き人」という話を。山名久子の件だって、華子が邦夫を略奪したようなものである。女の恨みは怖い。そしてその恨みは、男だけでなく、相手の女にまで向かうこともあるのだ。

達郎は何かいたたまれないような思いで、煙草に火を点けた。

悪名高き華子

邦夫は久子の実家の場所を覚えていた。山梨県K市で、老舗《しにせ》の酒屋を営んでいるという。電話番号帳で調べてみると、その市に山名という姓での登録は二件しかなかった。そのうちの山名酒店と連記されているほうだろうと、達郎たちは目星をつけた。

達郎と姉妹は、K市に向かった。周辺の人たちに聞き込みをするなど回りくどいことはせず、客のフリをして山名酒店を訪れる。三人で行くのもなんなので、達郎と冬花が店に入り、夏美は少し離れた場所で待っていた。

達郎は缶ビールと梅酒二本を、レジに差し出した。久子の父親であろう、小太りで愛想のいい初老の男が、会計をしてくれる。達郎はさりげなく訊いてみた。

「久子さん、お元気ですか」

初老の男は少し驚いたように、達郎の顔を見た。

「あ、お客さん、久子のお友達ですか？　ええ、元気でやってますよ」

男は、やはり久子の父親だった。友人を装い、冬花が言った。

「久しぶりに久子さんにお会いしたいのですが、御在宅ではありませんか?」

久子の父親は、答えた。

「せっかくお越しいただいたのに、申し訳ありません。久子はこの時間は、駅前の音楽教室にピアノを教えに行っているんです。帰ってくるのは夜の十時過ぎになってしまいますねえ」

久子はどうやら立ち直って仕事をしていると分かり、達郎と冬花は安心したように顔を見合わせた。達郎が穏やかな声で訊ねた。

「久子さんがお勤めの音楽教室の名前を教えていただけますか? 東京に帰る前に、お顔を少しだけでも拝見したいので」

達郎と姉妹は、すずらん音楽教室の近くで、久子が出てくるのを待った。久子はそこでピアノや声楽を教えながら、時おり仲間と小さなコンサートを開いたりして、静かに暮らしているようだ。達郎は久子の写真を邦夫から受け取っていたので、彼女が出てくるとすぐに分かった。邦夫は久子の写真はすべて処分していたが、彼女が在籍していた交響楽団のパンフレットが手元に残っており、それを達郎に渡したのだ。

久子は長い黒髪を後ろで束ね、白いブラウスに黒いスカートの、清楚《せいそ》な姿だった。数年前の交響楽団時代と変わらず、うりざね顔でスリムな体つきだ。

達郎と冬花は彼女に近づき、声を掛けた。

「山名久子さんですね？　貴女にお会いしたくて、東京からやってきました。フリーライターの井手といいます。よろしければ、後白河邦夫さんのことで、お話をお伺いしたいのですが」

見知らぬ男から突然話し掛けられ、おまけに邦夫の名前を出され、久子は明らかに動揺したようだった。険のある表情になり、達郎と冬花を怪訝そうに見る。

「すみません……急いでますので」

久子は小声で言うと、逃げるように立ち去ろうとした。久子の背中に、冬花が言葉をぶつけた。

「後白河邦夫さん、奥様のことで困っていらっしゃいますの。心労で倒れてしまうほどに」

久子の足が止まった。そしてゆっくりと振り返る。久子は漆黒の長い睫毛《まつげ》を揺らし、瞬《まばた》きをした。冬花は続けて言った。

「邦夫さんたちについてお話ししていただけないなら、それでも結構です。その代わり、私たちの話を聞いていただけませんか？　……もし、彼らについてご存じのことを少しでもお話ししてくださるなら、秘密は厳守いたします。決して口外しませんし、記事にもしません。もし約束を破ったら、私どもを訴えてくださいませ。お手間は取らせません。久子さん、少しで結構ですので、お時間をいただけませんか」

冬花の言葉に久子はうつむき、迷っているようだったが、顔を少し上げると、唇を噛み締めて頷いた。

四人は近くの喫茶店に入った。達郎は雨継そして写真の話をし、単刀直入に「もしや貴女が雨継に頼んだのではないですよね」と久子に訊いた。達郎の話に久子は目を丸くして仰天《ぎょうてん》し、「とんでもない」と言った。

「私にはそんなことできませんよ！　あの夫妻に立ち向かうパワーなど、私にはありません。……それに、もう、忘れたことですから」

久子は紅茶を啜り、静かに語った。

「負けたんです、私は華子さんに。彼女はプリマになるためになら、どんなことでも辞さない、何でもするといった人でした。新人の頃から作曲家、演出家、指揮者と、多くの浮名を流していました。もちろん彼女の実力もあるでしょう。でも、彼女が今の地位まで上り詰めたのには、それだけではありませんよ。有力者を彼女のほうから誘い、ベッドをともにしていたと、もっぱらの噂でした。彼女が邦夫さんとどうしても結婚したかったのも、世界的指揮者と謳われる彼の権力と地位を味方にしたかったからでしょう」

久子の話を、達郎も姉妹も黙って聞いている。久子は続けた。

「私には、華子さんのような、それだけの野心がなかったんです。私にもっと野心があったら、華子さんにどんなことをされても、決して邦夫さんを放さなかったと思います。あの手この手を使って、華子さんを阻止したでしょう。私には、華子さんに匹敵するような野心も情熱も持ち合わせていなかったのです。私以外にも、彼女を恨んでいる人はきっと多いと思いますよ。……でも、信じてください。私は確かに華子さんを憎んだけれど、誰かに頼んで写真を送ったりなんて、そんなことはしていません。時が経ち、憎んだという心も、今では浄化されてしまったのです」

久子の告白から、彼女が未だに華子をよく思っていないということは分かった。しかし声を上ずらせることもなく淡々と話すところをみると、激しい恨みや怒りを抱いているわけでもなく、自分でも言うように気持ちの整理はついていると思われた。ティーカップを持つ久子の左手の薬指には、リングが光っていた。

「新しい恋人もいらっしゃるんですね」

冬花が久子に微笑み掛ける。

「え……ええ」

言葉少なに、久子は頬を染めた。冬花は言った。

「久子さん、幸せになってくださいね。嫌なことを思い出させてしまって、本当に申し訳ありませんでした」

冬花が久子に謝り、頭を下げると、続いて達郎と夏美も頭を下げた。久子は慌てて言った。

「そんな、頭を上げてください。……お話しできて、却《かえ》って嬉しかったです。過去の辛かった出来事を話すのは勇気がいりましたが、長年抱いていた華子さんへの反感を語って、なんだかスッキリしました。もしかしたら、過去の傷口が癒えているからこそ、今日こうしてお話ができたのかもしれません……」

久子のうりざね顔に、笑みが戻っていた。

山名久子に実際接してみて、その物静かな雰囲気や口ぶりから、「彼女が雨継に頼んだ」という推測はどうやら間違いというのは、達郎・姉妹の三人とも一致した意見だった。帰りの車の中で、夏美が言った。

「久子さん、華子についてはは色々言っていたけれど、邦夫についてはほとんど悪く言ってなかったものね。つまりは邦夫よりも華子への憎しみのほうが強かったんだと思う。そう考えると、邦夫に写真を送って、彼を苦しめるということはしないわよね。そんなことしても、面白くないもの。その逆で、邦夫と自分もしくは他の女との淫らな写真を、華子に送りつけるということはするかもしれないけれど。華子を怒らせ、苦しめるためにね」

☆

久子のことを報告すると、邦夫は「そうですか」と溜息をついた。推測はしてみたものの、おとなしい久子はそのようなことはできないと心のどこかで思っていたのだろう、邦夫は達郎に食い下がらなかった。

邦夫は、達郎にファイルを渡した。それは、「久子のほかに、華子に恨みを持っていそうな人物リスト」だった。そのリストには、華子が蹴落としてきたライバルたちの名前や、彼女が利用した音楽プロデューサーや作曲家たちの名前が書かれてあった。総勢四十名ほどだ。

「こんなにいるんですか……」

達郎はリストを見て、驚きの声を出した。邦夫は苦笑した。

「私の知らないところでも、恨みをかっているかもしれません。我儘で高飛車な女なんでね、あいつは」

達郎はリストを持って、春野邸を訪れた。冬花と一緒にそれを眺めながら、夏美が唇を尖らせた。

「こんなに恨みを持たれるようなことをしてるなんて、変な女！……ねえ、例の写真の件、あれ雨継が本当にしたことかしら？　それだって疑わしいわ。もしかしたら、華子と不倫してる誰かが企んだことなんじゃないの？」

夏美は、雨継の仕業とは信じていないようだった。

「ああ、そうかもしれませんわね。夫に送りつけるなら、男が企んだのかもしれません。女だったら妻に嫌がらせするでしょうから」

冬花が相槌を打つ。達郎は銜え煙草で言った。

「ライター仲間二人が華子を張り込んでいるけれど、不倫相手はいないみたいだよ。結婚前は久子さんが言ってたようにお盛んだったみたいだが、結婚してからは意外にも貞淑《ていしゅく》らしい。邦夫さんのステイタスが凄いから、前みたいに女の武器を使う必要がなくなったんだろう。華子が不倫している気配はない。しかし、彼女が定期的に会いに行く男が、一人いる。それが雨継だ」

　達郎の話を聞きながら、夏美は気だるそうに髪を掻き揚げる。

「ねえ、華子が雨継のところへ行くのを追っ掛けたライターっている？　華子を乗せた車の後を別の車でつけていけば、雨継の居場所が分かるわよね！　何でこんな簡単なことに気づかなかったのかしら」

「ところが、それをやったヤツがいるけれど、しっかり撒《ま》かれたって。華子を乗せた車は同じところをぐるぐる何度も旋回して、気づいたら見えなくなってたって。雨継の弟子が運転してるんだろ？　撒くのなんて慣れてるんだろうな」

　達郎の答えに、冬花が感心したように言う。

「徹底してますわね。そこまでいくと素晴らしいですわ！」

　夏美は欠伸《あくび》をして、大きく伸びをした。

「後白河邦夫に華子かあ……。お上品な方々のお下劣なゴシップなんて、ホントは興味ないのよね、私。雨継もこんな人たち、興味ないと思うけどなあ、本音は。華子だって、仕事だから相手してあげてるんだろうし。誰かに『一緒に嫌がらせしてください』と頼まれても、あの雨継なら断ると思うけれど。彼、クールだし、そういうの馬鹿馬鹿しいって思いそうだもの」

達郎は夏美の顔をじっと見つめ、言った。

「依頼人が莫大な金を出したら？　クールな雨継でも乗るかもしれないよ」

夏美も達郎を見つめ返した。

「彼、金銭には意外に無頓着《むとんちゃく》よ。俗物じゃないもの、彼。だから、お上品な仮面を被った俗物の如き後白河夫妻なんて、興味がないんじゃないかって言ってるの」

達郎は苦笑した。

「雨継が俗物じゃないって、どうして言い切れるんだい？　ほんの数回しか会ったことがない相手のことを、夏美さんはなぜそんなに分かるのかな？」

夏美は挑戦的な笑みを浮かべ、足を組み替えた。

「あら、分かるわよ。私、野性的な勘が発達しているもの。その人のことを理解するには、会った回数じゃないわ。会った時の印象なのよ」

達郎と夏美の視線がぶつかる。達郎は煙草に火を点け、一息吹かし、訊ねた。

「夏美さん、貴女、どうしてそれほど雨継の肩を持つんだい？　男に身体を売ってた、胡散臭いヤツなんだぜ」

夏美は達郎から目を逸らさず、まっすぐ見据えたまま、答えた。

「じゃあ、〝胡散臭い〟ということでシンパを感じるのかもね。私だって泥棒姉妹の姉、胡散臭い女ですもの。……まあ、仕方ないわね。達郎さんの仕事は、胡散臭い人たちを暴いて記事にすることなんですもの。考えてみれば、私たちの敵よね、達郎さんって」

夏美の物言いに、達郎はあからさまにムッとしたような顔をした。彼は声を少し荒らげて言い返した。

「俺は別に夏美さんのことを胡散臭いって言ってるわけではないだろ！　客を車に閉じ込めて、手を拘束して目隠しして運ぶようなヤツらなんだぜ？　陰で何か変なことをしていても不思議じゃないって言ってるんだ！　……それに、雨継が金に左右されるような人物でないとしたら、こうも考えられるな。もしかしたら、雨継自身が華子に何か恨みを持っていて、それで嫌がらせをしているとかさ」

夏美はヒステリックに笑って、大声を出した。

「あはは、馬鹿馬鹿しい！　雨継が華子に恨みを持っている？　その理由って何よ？　あんな女、雨継は初めから本気で相手してるわけないわ。それに、拘束と目隠しの件は、雨継がプライバシーを守りたいからでしょ！　著名になればなるほどプライベートな部分に入ってきてほしくないって気持ち、私には分かるわ。ずけずけと入ってきて、プライバシーを踏みにじるのが、マスコミの遣り方なのでしょうけれど。馬鹿げた妄想で、あることないこと、でっちあげてね」

棘《とげ》のある彼女の言葉に、達郎は顔を紅潮させて睨んだ。

「何をっ!」

達郎と夏美、どちらも譲らないので雲行きが不安に思えたのだろう、冬花が口を挟んだ。

「お姉さまも達郎さんも、どうぞ落ち着いてくださいな。華子さんの写真が送られてきたということは事実ですし、後白河夫妻に何かしらの恨みを持っている人がいるというのも事実でしょう。それに雨継が絡んでいるか否かは別として、恨みを持っている可能性がある人たちをちゃんと調べましょう。邦夫さんがせっかくリストを作ってくださったのですから」

達郎が冬花に同意した。

「そうだね、冬花さんの言うとおりだ。このリストに挙げられた人たち一人ひとりを、調べよう。時間が掛かるだろうけれど」

夏美は鼻を鳴らした。

「四十人近くを詳しく調べるなんて、アホらしいわ。……この件に関しては、私、降ります。時間の無駄、寝てたほうがいいわ。お二人で頑張って調べてね」

そう言うと、夏美はリビングを出て、自分の部屋へ行ってしまった。達郎と冬花は、顔を見合わせ溜息をつく。仕方ないので、二人でリストを見ていった。「華子に恨みを持っているであろう人物」たちの詳しいプロフィールや、恨みを持っているであろう理由などについても記されている。中には財界人の名前まであった。

「『布《ふ》留《る》川《かわ》明《あきら》、六十七歳、青山《あおやま》在住。布留川建設社長。華子がデビューした頃のタニマチだった。彼女を可愛がり、華子も懐いていた。しかし華子はスターダムを上るにつれ、用無しとばかりに布留川を相手にしなくなる。布留川は、手のひらを返したように冷たくなった華子の悪口を、今でも周りにこぼしている』か。なるほどねえ」

一人ひとり、名前と動機を見ていきながら、冬花がポツリと言った。

「華子さん、このリストの誰からも恨みをかって当然なことをしているけれど……なんだか、この件に関しては、もっと根が深いような気もしますわ。皆様が恨みを持つ理由も分かるのですが、『それで、ここまでするかな』と思えるほどのものなんですよね、どれも」

冬花の言葉に、達郎も小さく頷いた。リストに書かれた理由がどれもイマイチなのは、達郎も感じ取っていたのだ。

「まあ、男でも女でも、『相手にされなくなった』『振られた』というだけで執念深く恨み続けるようなヤツもいるからね。そういうヤツらには常識は通用しないだろう。このリストに書かれている理由だけでも、動機にはなると思うよ。華子の写真の件を公にするかどうかは別として、この一連の事件を調べ上げられればスクープになる。誰かが陰陽師を操って、後白河夫妻に嫌がらせをしていたといえばね……。もしくは、雨継自身が恨みを持ってやっていたとしたら、なおさら大スクープだ」

達郎はヤル気に満ち、目を光らせた。

苛立つ鬼平

「おい、角田！　天龍雨継について何か分かったか！」

部署に戻ると、鬼平は大声を出した。絵画盗難事件の捜査がなかなか進まず、苛立っているのだ。セブンスターをスパスパと吸う。鬼平は三日前に起きた「新宿バラバラ殺人事件」の捜査も受け持っており、忙しかった。新宿のホテルの廊下に、トランクに詰められたバラバラ遺体が放置されていたのだ。角田は鬼平の傍にきて、耳打ちした。

「警部、天龍雨継は尾上啓吾郎の養子だったことが分かりました。本名は尾上和樹。本当の年齢は三十七歳です」

鬼平は角田を睨んだ。

「なに？　尾上啓吾郎の養子？　あの亡くなった衆議院議員のか？」

「はい。養子といっても……雨継は啓吾郎の愛人、つまりは男色関係ではなかったかと噂されています。啓吾郎は二度離婚していて子供が三人いますが、両刀遣いで、五十歳を過ぎてからは男専門だったようです。雨継を養子に迎えたのは、今から十五年前。それからは雨継一すじだったみたいで、遺産もほとんど彼に渡してしまいました。前妻や実の子供などには離婚した時に纏まった金を渡していますが、それで縁を切ったつもりだったのでしょう、亡くなった時には何も残さなかったようです。雨継がいかに気に入られていたかが分かります」

「十五年前というと、雨継が二十二歳の時か。いったいどういう経緯で、尾上と知り合ったんだろう」

「申し訳ありません。はっきりとした経緯はまだ分かってませんが、その頃、雨継は新宿二丁目で働いていたという噂があります。もしかしたら、その商売の延長線上で知り合ったのではないかと考えられます」

鬼平はセブンスターを揉み消し、苦々しい顔で腕を組んだ。

「なるほど。そういうことなら、雨継の謎の屋敷というのは、尾上から譲られたものかもしれんな。尾上は不動産はいくつか所有していただろう。自宅のほか、マンション、別荘、隠れ家など。おい、角田、尾上が所有していた不動産をすべて調べてくれ。それから、雨継の、養子に入る前の名前もだ。戸籍を調べていけばどうにか分かるかもしれん」

「はい、了解しました。車での追跡を失敗してしまいましたので、雨継の居所は、その線で探ってゆくのが一番良いと思われます」

角田の答えに、鬼平はムッとしたような顔になる。先日テレビ局の駐車場で雨継を待ち伏せして、彼のリムジンを追跡したのだが、呆気なく煙に撒かれてしまったのだ。部下に失敗を改めて指摘され、屈辱的な思いが込み上げたのだ。

「ま、失敗は成功の母というからな、角田、その路線で調べ上げてくれ！　しかし、天龍雨継というのは、厄介《やっかい》なヤツだな」

鬼平は唸るような大きな溜息をつく。角田が訊いた。

「雨継のことは了解しました。……ところで、あの姉妹はどうします？　まだ泳がせておきますか。それとも事情聴取しますか？」

鬼平は頭をボリボリと掻きながら答えた。

「うーむ。あの姉妹が怪しいとは思っているのだが、決定的な証拠がないんだよな。事件が起きた頃、あのホテルの近くに胸のデカイ女とスリムな女がいたというだけでは、強制的に任意同行できんもんな。無理やり事情聴取でもして、あいつらが無実だった場合、『警察はいったい何をしてるんですか！』と騒がれでもしたら、それはそれで困るもんなあ」

「彼女たち強そうだから、ただでは済みそうもありませんものね」

鬼平は角田をギロリと睨んだ。

「それにあのモンタージュの顔も、なんだかなあ。『美人』ということではあの姉妹と共通しているが、よく見るとどちらにも似てねえんだよなあ。モンタージュ、おかっぱ頭は鬘《かつら》だろうと仮定しても、目が異様にデカくないか？　宇宙人並みのデカさだ。あの姉妹、両方とも目はパッチリしているが、いくらなんでもあそこまでデカくはないだろ」

角田が意見する。

「モンタージュのあの目については不自然だと私も思っていました。おそらく、目がより大きく見える眼鏡を掛けていたのだと思われます。いわゆる老眼鏡もしくは遠視鏡のようなものです。モンタージュをもし作られた場合、攪乱《かくらん》するためでしょう」

鬼平はセブンスターを銜えて火を点け、忌々《いまいま》しそうに言った。

「まったく、どいつもこいつも小細工しやがって！　ああ、ムカつく！　そういやあの姉さん、大したタマか、ふざけた女か、『今度、私たちのお家に遊びにいらして』なんて言ってたな。それなら強制捜査じゃなくて、遊びに行ってやるか！　それであの巨乳を揉みしだいてくるか！　ああ、ちっくしょう！　舐めやがって！」

鬼平は鼻毛を抜き、煙を吐き出すとともに、それを吹き飛ばす。角田は素早くよけた。

遠き日

達郎は冬花を伴い、邦夫に再び話を聞いた。夏美はこの件に関しては気乗りしないようなので、ついてこなかった。冬花は達郎の秘書を装い、邦夫を安心させるために、おとなしめの紺のスーツに身を包んでいた。達郎は邦夫に言った。

「華子さんの経歴を、もう少し詳しくお話ししていただけませんか」

華子の学歴や賞歴や活動の詳細などは公にしているプロフィールを調べればすぐ分かるのだが、それ以外のことを知りたいのだ。たとえばリストには「ライバルだったK子を、一ノ瀬《いちのせ》音楽団研究生の時、いじめたようだ」と書かれているが、公のプロフィールには一ノ瀬音楽団の研究生時代のことなどは端折《はしょ》ってある。達郎たちは、そのような「端折ってある」ところを聞き出したいのだ。

邦夫は了解し、華子の経歴を改めて丁寧に語った。そして、あることが分かった。経歴には「東京生まれ」と書いてあるが、小学校までは地方で育ったということだ。

「あら、華子さんって東京生まれの東京育ちではないんですか?」

冬花が訊ねると、邦夫は答えた。

「ええ、あいつは見栄っ張りなんで、出身を東京にしているのです。実際、生まれたのは東京なんですけれどね。実家は青森なんですよ。青森の南津軽《みなみつがる》、F町の旧家の娘なんです。代々、町長を務めた家柄でね。華子が我儘なのは、お嬢様育ちということもあるのでしょうね」

邦夫はうつむき、弱々しく笑った。

「華子はそのF町で小学校まで過ごしました。そして中学、高校は音楽の名門校に行くため、東京に出てきたんですよ。華子の母親の実家は東京だから、そこに住まわせてもらって、中学、高校、大学、大学院と通ったんです。青森にいては、音楽の英才教育は受けられませんからね。華子の母親は、東京の実家に里帰りして華子を産んだので、『東京生まれ』と堂々と書いてるわけです」

冬花が相槌を打った。

「青森にいたのは短い間だったのですね。華子さんにとってみれば、東京生まれの東京育ちのような感覚なのでしょう。……今でも、御実家に帰られたりするのですか?」

「ええ、一年に一度ぐらいですね。正月に日本にいる時は、顔を見せるようにしています。実は昨年、義父が寝たきりになってしまいましてね」

「お病気ですか？」

邦夫は少し間を置き、答えた。

「いえ、それが……原因不明の事故なんです。歩いていたら、突然材木が上から落ちてきて、その下敷きになってしまったんです。それで打ち所が悪くて……」

「まあ……」

冬花が息を呑む。

「義父は五十七歳ですからね。まだまだ働き盛りなのに、その事故が原因で町長も退任してしまいました。今年の正月に妻の実家に顔を出しましたけれど、義父はもう話すこともやっと、という状態でした。日に日に衰弱してゆく義父に、医者も手の施《ほどこ》しようがないみたいです」

邦夫の話に、達郎と冬花は顔を見合わせた。

邦夫と別れた後、二人は駅に向かって肩を並べて歩いた。信号で止まっている時、冬花が神妙な顔で呟いた。

「青森……」

達郎が「え?」というような顔をする。信号が青に変わる時、冬花は達郎に言った。

「ねえ、青森に行ってみましょうよ。もしかしたら、そこで何か、後白河華子と天龍雨継の接点が見つかるかもしれませんわ。……もし見つからなかったとしても、華子の実家の周りの聞き込みをすれば、何か収穫があると思いますの」

冬花の唐突な思いつきに、達郎は驚いたように目を見開いた。


二人は青森行きのチケットを買い、新幹線に乗り込んだ。突然の青森行きに達郎も初めは戸惑ったが、冬花と旅行できることは非常に嬉しかった。新幹線の座席に隣り合って座り、二人は微笑んだ。

青森に行くことを夏美にも一応知らせたが、彼女の答えは「面倒だから、私は行かないわ。お二人で仲良くどうぞ」だった。冬花は姉を無理には誘わなかった。雨継に対する見解が、夏美と達郎とで違っていて、二人が少々険悪になっているということに気づいていたからだろう。雨継を守りたい夏美と、雨継絡みのスクープを狙いたい達郎の間で、冬花は中立の立場を通しているようだった。

新幹線はどんどん進み、徐々に緑豊かな風景が窓に映るようになる。取材目的なのに小旅行気分で、達郎はビールなど飲んでリラックスしていた。

「ねえ、冬花さん、どうして青森に接点があるって思ったんだい？」

達郎が冬花に訊ねた。冬花はアイスティーを飲みながら答えた。

「三味線ですわ。二丁目に聞き込みに行った時、ヒマワリさんが仰ってた、雨継がよく聴いていたという『高橋なんとか』の音楽。あれは高橋竹山《ちくざん》のことと思いますわ。その三味線です」

達郎はビールを飲む手を休め、冬花を見つめた。

「三味線？　ああ、あのオカマちゃん、そういや言ってたな」

「津軽三味線ですわ。高橋竹山は、青森出身の盲目の津軽三味線の名手でした。雨継の年齢で、三味線が弾けたり、三味線音楽を好むって、子供の頃の影響なのではないかと思うんです。ヒマワリさん、雨継の亡くなったお母様も三味線が得意で教えていたというようなことを仰ってましたから……」

冬花たちが、華子の実家があるという青森県は南津軽郡のF町へと到着した時は、午後三時を過ぎていた。山がよく見え、林檎《りんご》畑が広がる、のどかな風景の町だ。

華子の旧姓は薄井《うすい》といった。寝たきりになってしまっている彼女の父は薄井弘一郎《こういちろう》、五十七歳。華子の母は節子《せつこ》、五十五歳。兄は弘太《こうた》、三十歳だ。邦夫によると、弘一郎が寝たきりになった後、弘太が町長選に出たが落選してしまったとのことだった。弘太は現在、親戚が経営する小さな会社で働いているという。

「おそらく薄井家も、今は昔ほどの権力を持っていないような気がしますの。でも、周囲から噂を聞き出すには、そのほうが好都合ですわね」

冬花の意見に、達郎も同意した。

薄井家はいかにも旧家といった、風格を漂わせている邸宅だった。しかし、活気というものはなく、ひっそりとしていた。

「立派な屋敷だなあ。塀も高くて、これじゃなかなか忍び込めないだろうな」

達郎が泥棒のようなことを言うので、冬花は思わず苦笑した。家の周りを一周してみて、その敷地の広さに二人は溜息をついた。

「このお家で幼少時代を過ごしたら、高飛車にはなるでしょうね。華子さんの女王様気取りも理解できますわ」

屋敷を見上げ、冬花が大きく頷いた。二人は薄井家を確認すると、いよいよ聞き込みを始めた。しかし、薄井家の隣人たちに訊くのは避けた。質問しても隣人では答えにくいだろうと思ったのだ。

「へい、らっしゃい」

達郎と冬花は、薄井家から少し離れたところにある、老舗らしきトンカツ屋に入った。小さいけれど上品な店で、主人も腰が低くて愛想が良い。この時間帯なので客もほとんどいなくて、達郎たちの貸切状態だった。

「お客さんたち、御旅行ですか。楽しんでいってくださいね」

主人はオシボリとメニューを持ってきて、達郎たちに気さくに声を掛ける。いかにも話好きそうな主人に、達郎は笑みを投げた。

「いやあ、初めてきたけれど、いいとこだね。ええっと、ヒレカツ膳二つと、焼酎と日本酒を一本ずつね」

メニューの中でも高価なものを注文し、達郎はさりげなく主人に切り出した。

「ねえ、この先の薄井さんの家って、オペラ歌手の後白河華子さんの実家なんでしょ？町長やってた華子さんのお父さんって、今病気になってるって本当？」

主人は少し躊躇《ためら》いの表情を見せたが、答えた。

「ええ、弘一郎さん、寝たきりになってしまってますね。なんでも原因不明の事故に遭われたとか。……お元気だった頃は、うちにもよく食べにきてくださったんですけれどねえ」

お通しが出され、それを摘みながら、達郎がさらに訊ねた。まどろっこしい遣り取りをするより、単刀直入に訊いたほうがいいと思ったのだろう。

「それでさ、あの家に関することで、何か知ってる噂ってないかな？　どんなことでもいいんだけれど」

主人は達郎と冬花をちょっと怪訝な目で見た。

「お客さんたち、マスコミの方々ですか？　週刊誌の記者さんとか？」

冬花はにっこりと笑い、大きな菓子折りを、主人に渡した。

「東京土産ですわ。よろしければ、お受け取りください。……でも御安心くださいね。私たちは貴方からお伺いしたお話を、貴方の了解も得ずに記事にしたりするようなマネは決してしませんから。ちょっと教えてくださるだけで、有難いんですの」

美女にじっと見つめられてお願いされ、主人は思わずにやけた表情になる。「いやあ、どうしましょう」などと悩んでいるようなフリをしているが、主人は話したくてウズウズしているようでもあった。

「なんでもいいんだよ。たとえばさ……弘一郎さんの女性問題とか、さ」

達郎がカマをかけてみる。主人はハッとしたように顔を上げ、達郎を見つめた。彼はゴクリと唾を飲み、ようやく話し始めた。

「弘一郎さんではありませんが……彼のお父様の弘蔵《こうぞう》さんの噂はよく聞きました。十年前にお亡くなりになりましたが。弘蔵さんも長い間町長を務められて、弘蔵さんがお元気だった頃が、薄井さんのお家も最も華々しかったですよ。でも……」

「でも？」

冬花が相槌を打つ。主人は唇を少し舐め、話を続けた。

「弘蔵さんには愛人がいたんです。それも二十何歳も年下の芸者でした。そのうち弘蔵さんは愛人を芸者の世界から上げさせ、隣のT村に囲うようになりました。あ、このF町といいますのは、以前はT村と分かれていたんですよ。それが五年ほど前に合併して新しいF町に生まれ変わったというわけです。……それはいいとして、弘蔵さんとその芸者の間に、子供が生まれたんです」

主人の話を、達郎と冬花は息を呑んで聞いていた。主人は続けた。

「ひた隠しにしていても、どうしてもそのような噂は広まります。それで弘蔵さんの奥様の康代《やすよ》さんが、激怒してしまいましてね。どうやら……その愛人と生まれた子供を、村から追い出してしまったようです。かなり酷い目に遭わせたようですね。ここに戻ってこれないほどのことをしたみたいですから。……いや、大きな声では言えませんがね、弘蔵さんと康代さんの息子である弘一郎さんが原因不明の事故に遭った時、愛人の祟《たた》りではないかと噂されたぐらいですよ」

冬花が眉を顰《しか》めた。達郎が訊いた。

「その愛人を追い出したというのは、何年前ですか？　その生まれた子供というのは男の子だったか女の子だったか、分かります？　追い出された時って、いくつぐらいでした？」

主人は少し考え、そして答えた。

「ええ、何年前かハッキリ言えませんが、愛人とその子が村から消えたのは、華子さんがお生まれになった時です。そして、子供は確か男の子だったと思います。年は、まだ小さかったと記憶してますが。……あ、ちょっと待っててください」

主人は厨房に入り、小太りの女性を連れてきた。彼の妻のようだ。主人に代わって、割《かっ》烹着姿《ぽうぎすがた》の彼女が答えた。

「ええ、弘蔵さんど愛人さんどのお子さんだば、男の子だったんず。追い出された時って、小学校低学年ぐらいだったよ。どんどんおがる前に、追い払いたかったみたいだべ。彼女どお子さんだばほんまにお気の毒だったんず」

聞き慣れない津軽弁に、達郎も冬花も首を傾げる。主人が慌ててフォローした。

「あ、すみません。お前、こちらのお客様たち、東京からいらしてるんだから、もう少し分かりやすく話しなさいよ。……いえ、言い直しますとね、『弘蔵さんと愛人さんとのお子さんは、男の子でした。追い出された時って、小学校低学年ぐらいでしたよ。どんどん成長する前に、追い払いたかったみたいですね。彼女とお子さんは本当にお気の毒でした』ということです。申し訳ありません」

主人の説明でよく分かり、達郎と冬花は大きく頷いた。そして達郎がポツリと言った。

「華子が生まれた時ということは、二十九年前。その時、小学校低学年だったということは、その男の子は、今、三十六から三十八歳ぐらいになっているということか……」

達郎と冬花はハッとしたように、顔を見合わせた。

☆

夏美はその頃、雨継のもとを訪れていた。お昼近くに冬花から電話が掛かってきて、青森への同行を誘われたが断った。その後、夏美は雨継の事務所に電話をしたのだ。「当日の予約は無理ですよね」と言う夏美に、スタッフの答えは意外にも「午後六時頃なら、小一時間ほどお時間がお取りできますよ」というものだった。達郎と口論をした夏美だが、彼の言葉をどこかで否定できない自分がいた。華子の件に本当に雨継が関わっているのか直接問おうと思ってやってきたのだが、彼の顔を見たら、そのような気持ちは消え去ってしまった。

「夏美さん、ようこそおいでくださいました。お会いできて嬉しいです」

雨継はゆったりと構えながら、よく通る声で挨拶をした。相変わらず、姿勢が良く、優美な物腰だ。

「私もとても嬉しいですわ。雨継さん」

夏美はそう言って、薄笑みを浮かべた。そして、夕暮れ間近の橙色《だいだい》の陽射しが差し込む部屋を、見回した。夏美は未だにここがどこか分かっていない。初めて連れてこられた時は、まるで世界の果てのような、やけに遠いところにきてしまったという印象があった。しかし、三度目に訪れた今日は、夏美にも余裕ができて、リラックスしていた。この場所はもう、彼女の中で遠いところではなくなっていた。

「で、今日は何を求めていらっしゃるのかな。私でよろしければ、お役に立ちましょう」

穏やかな顔つきで、雨継が問う。夏美は答えた。

「ええ、雨継さんと、ただお話ししたいだけですわ」

「ほう。それは奇特な」

雨継と夏美は見つめ合った。静けさが漂ったのも束の間、どちらからともなく笑い出した。雨継の無邪気な笑顔を見ているうちに、笑いすぎたのだろうか、夏美の目に涙が滲んで、彼女はそっと指で押さえた。

「雨継さんって、初めはイヤな人だと思ったけれど、案外いい人ですよね」

ストレートに言う夏美に、雨継は今度は苦笑した。

「ははは。かたじけない。私がいい人かどうかはさておき、こんな仕事をしていると、イヤな人間になってしまうのでしょうな。知らず知らずのうちに」

「陰陽師のお仕事をしていると、イヤな人になってしまうのですか？」

夏美が訊ねる。雨継は茶を啜り、答えた。

「私の仕事というのは、人間の欲望や情念、恨みや憎しみにいつも対峙《たいじ》していますからね。私の占いで開運してあげるような、前向きの仕事の時はいいのですよ。しかし、取り憑いた霊を追い払ったりする仕事も多いのです。その時、深い怨念《おんねん》のようなものを見たりする。人間同士のどろどろとしたドラマを知ってしまったりする。そういうものばかり見ていると、無常を感じるというか、醒めてしまうんですよ。悲しいほどにね」

夏美は雨継を見つめ、彼の話に聞き入っている。

「人間の欲望というのは、どうして尽きないのでしょうね。開運してあげた人たちも、すぐにまた『さらに運を開いてくれ』と言ってくる。激しい欲望の後には、虚しさだけが残るのに、なぜ皆それに気づかないのでしょう」

雨継は深い溜息をついた。夏美は訊ねた。

「雨継さんには、欲望がないんですか」

雨継はハハハと笑い、静かに答えた。

「欲望ですか、私はあまりないでしょうね。……ただ、時々、無性に稲荷《いなり》寿司を食べたくなりますけれど。それぐらいですかね」

夏美は雨継をまっすぐに見つめ、言った。

「雨継さん、小さい頃、稲荷寿司がお好きだったのではありません？　家族の思い出の味とか」

雨継は何も答えず、笑みを浮かべたままだ。夏の夕暮れ前、彼の姿もぼんやりと橙色に染まっている。夏美は少し掠れる声で、話した。

「雨継さん、貴方、私が初めてここにきた時、私に『貴女には愛情が足りていない』って仰いましたよね。『真に愛されたことがない人だ』って。覚えていらっしゃいます？」

雨継は微かに頷いた。夏美は深呼吸して続けた。

「それ、当たっていたんです。当たりすぎていたから、カッとして貴方を叩こうとしたのかも。……私、孤児院育ちなんです。妹とともに、生まれてすぐに親に棄《す》てられました。親の愛を得られずに育った私は、やはり愛に飢えているのでしょう。さっき雨継さん、『人間の恨みや憎しみに対峙している』って仰いましたが、私も人を恨んだり憎んだりしたこと、ありましたよ。生まれ育ちのことで、心無いことを言う人たちもいましたから。親のことも恨んでましたね。死んでしまいたいって思ったことも、ありました。……でも、妹と二人で必死に生きているうちに、いつの間にか、憎んだ気持ちも浄化されてしまったんです。私を棄てた親にも、彼らなりの事情があったんだと思えるようになりました。そして憎しみが浄化されたと気づいた時、自分が強くなったと感じたのです」

夏美は雨継を見つめたまま、話し続ける。雨継は夏美から視線を逸らし、うつむき加減だった。障子窓に当たる陽射しが、段々と重くなってゆく。

「私は、このように、貴方が仰るとおり、愛情に飢えて育ちました。……でも、雨継さん」

夏美の唇が震える。彼女は雨継を射るように見つめたまま、彼にぶつけた。

「雨継さん、もしかしたら貴方も、私と同じなのではないですか」

夏美の目から、涙がこぼれた。雨継は黙ったまま、視線を落としている。時が止まってしまったかと思えるような静寂に満ちた部屋の中、影が徐々に濃くなってゆく。

雨継は顔を上げ、夏美を見据えて、言った。

「ええ、そうかもしれません。私があの時、貴女のことがよく分かったのは、占いの結果だけではなく……貴女と私が、きっと、似ている人間だからなのでしょう」

彼の言葉を聞き、夏美の目から涙が止めどなく流れ落ちる。夏美は何も言わず、涙に濡れる目で、ただ雨継を見つめ続ける。

夕陽を受けて橙色に染まる障子窓の傍で、二人は顔を近づけ合った。夏美の白い頬を伝う涙を、雨継は指で掬《すく》って、舐めた。雨継の仕草に、夏美の顔に恍惚とした笑みが浮かぶ。夏美はこの時、今までに出逢った男性の誰よりも深く、雨継と交わったような気がした。

夏美は、おとなしく雨継のもとを去った。「無謀な真似はしないでね」などとも告げなかった。なぜなら夏美は心のどこかで、雨継が無謀なことなどするわけがないと、信じていたからだ。

☆

達郎と冬花は、トンカツ屋の主人と奥方に、弘蔵と愛人との一件をよく知っているというお婆さんを紹介された。お婆さんはウメという名で、F町が合併するまでT村に住んでいたという。

「ウメさん、この人たち東京からわざわざおいでくださったんだから、たっぷり土産話持たせてあげてね。……じゃ、店があるので、我々はこれで」

達郎と冬花をウメの家に届けると、主人と奥方は帰っていった。ウメは八十歳だが元気が良く、小柄でにこやかだった。ウメは長男夫婦と暮らしており、嫁の清子《きよこ》がお茶と菓子を出してくれた。達郎と冬花は恐縮しながら御馳走になった。

「昔の話だだばんで、お役に立てるかどうか分かりねが。聞きたいこどだば、どうぞ聞いてけろだば」

ウメはそう言って、緑茶を啜る。分かりにくいところは、清子が標準語に直してくれた。達郎が早速訊ねた。

「ウメさん、御協力まことにありがとうございます。……では、お伺いします。薄井弘蔵さんの愛人だった女性の名前と、子供の名前、覚えていらっしゃったら教えてください」

ウメはこくりと頷き、少し間を置いて、答えた。

「女の名前だば、和子《かずこ》。村井《むらい》和子やど記憶してんずや。息子の名前だば、和樹」

達郎と冬花は顔を見合わせた。天龍雨継の本名も「和樹」だ。達郎は昂ぶりつつ、雨継の写真をウメに見せた。

「その和樹って男の子、この人ですよね？　どうです、昔の面影《おもかげ》あります？」

陰陽師姿の現在の雨継の写真を見せられ、ウメは戸惑ったようだった。

「うーん。あの子ば知ってたのだば、七、八歳ぐらいまでだばんでね。まあ、言われてみれば、まなぐ（目）の辺りに面影があるね。涼しげな、え（良い）まなぐばしてだよ。……今だば、こったら立派な人になってるの？　よかったんず。かっちゃもあの子も可哀相だんずやからね。でも今こったら立派になってるんやら、こったら辺鄙《へんぴ》などこ離れて正解だんずやよ」

ウメは雨継の写真をじっくりと見て、目を少し擦った。

「そんなに悲しい思いをされたんですか、和子さんと和樹さんは……」

冬花が訊ねると、ウメは大きく頷いた。ウメは雨継の写真を膝に置いて、ゆっくりと話した。それは弘蔵と和子のなれそめから、和子が村を出てゆくまでだった。初めて聞く内容もあり、達郎も冬花も時に息苦しそうな表情で、ウメの話に耳を傾けた。ウメは言った。

「わが知ってるのだば、ここまでさ。もし、まっど詳しい話ば知りたいなら、和子さんがいた芸者置き場ば訪ねてみな。隣のO町にある『夢屋』ってどこさ。夢屋の女将だば、和子さんがかっちゃ（母）のように慕ってたっていうから、細かいこども知ってるど思うよ。村ば追い出されてわんつかの間（暫く）、夢屋に隠れてだっていう噂もあったからね」

ウメに夢屋の場所を教えてもらい、達郎と冬花は何度も礼を言って、頭を下げた。

達郎と冬花は、和子が昔いたという芸者置き場にまで足を延ばした。O町はF町の隣で、電車で三十分ぐらいだった。O町は温泉地で数件の旅館があり、夢屋は繁華街を少しはずれたところにあった。達郎と冬花が夢屋に着いた頃には九時近かった。芸者たちは皆お座敷に出て行ってしまっているのだろう、ひっそりとしている。玄関先で達郎が「すみません」と大きな声を出すと、年配だが艶のある女が現れた。女将の五十鈴《いすず》であった。

「はい。どちらさんでしょう」

五十鈴は黒の着物を粋に着こなし、女将としての貫禄を湛えていた。

達郎が汗を拭きつつ夢屋を訪れた理由を話すと、五十鈴は少し躊躇ったようだったが、声を潜めて言った。

「ここじゃなんだから、お上がりになってくださいな。わざわざ東京からおいでくださったんだから……」

青銅鏡

五十鈴は達郎と冬花に、冷たい麦茶を出した。達郎は麦茶を一口飲み、恐縮したように言った。

「突然お伺いしてしまって、申し訳ありません。……和子さんが五十鈴さんのことを慕っていたと聞きまして、貴女なら色々な事実をご存じなのではと思ったのです」

五十鈴は足を少し崩して座り、団扇《うちわ》を扇《あお》いでいた。そして障子にふと目をやり、ポツリと言った。

「虫の音が聞こえ始めたわ。そろそろ秋がやってくるのね。……和子ちゃんが村を追い出されたのは、秋の暮れだったわ。紅葉が鮮やかな頃だった」

達郎と冬花は、真剣な表情で、五十鈴を見つめていた。五十鈴は続けた。

「和子ちゃん、ここにいた時、私をまるで実の母親のように慕ってくれてたの。でも私は親代わりらしいことは、何もできなかった。あんなふうに先に逝《い》かせてしまったんですもの。……和子ちゃんの本当のお母さんもね、ここで芸者をしていたの。だから和子ちゃんは、ここで産まれ育ったのよ。本当のお母さん……和実《かずみ》ちゃんは、和子ちゃんが小さい頃に亡くなったけれどね。真に愛した男の子供を私生児として産んで、産後に体調を崩してしまったの」

五十鈴は団扇をゆっくりと扇ぎ、淡々と物語る。彼女の首筋は、ぞくっとするほど白かった。

「和実ちゃんが亡くなってから、ここの皆で和子ちゃんを育てたわ。大学に行かせてあげようと思っていたけれど、やっぱり蛙の子は蛙ね。和子ちゃん『高校卒業したら私も芸者になる』って。小さい頃から、芸者たちの華やかな姿を見ていたでしょう。だから憧れてしまっていたのね。裏は……色々ある世界なんだけれど。あの時、無理してでも、この世界に入るのを止めておけばよかったわ」

五十鈴が遠い目になる。冬花が口を挟んだ。

「でも……若い頃って、どんな忠告も耳に入らないことってありますわ。和子さんは確かに短い人生でしたが、自分の思うがままに生きたのですから、それでよろしかったのではないでしょうか。弘蔵さんと和樹君と一緒に過ごせた時期は短かったけれど、その時の和子さんはきっととても幸せだったと思いますわ」

冬花の言葉に、五十鈴は小さく頷いた。達郎は天龍雨継の写真を取り出し、五十鈴に渡した。

「現在の和樹君です。〈現代の陰陽師〉として、マスコミにもよく登場しています。いまや超人気占い師なんですよ。財界人や著名人にも、彼のファンはたくさんいます」

雨継の写真を見て五十鈴は目を見開き、そして涙をほろほろとこぼした。感極まったように、五十鈴は暫《しばら》く無言でいたが、気持ちが落ち着いてくると言葉を発した。

「そうなんですか……。そういえば、目元に面影があるわ。……ごめんなさい、私、テレビもあまり見ずに流行に疎《うと》いから、よく知りませんでした。へえ、でも、凄いわねえ。こんなに立派になって。著名人にもファンが？　へえ、たいしたものねえ」

五十鈴は雨継の写真を見つめ、頻りに感心している。達郎は念を押した。

「五十鈴さんからお伺いしたことを無断で記事には決してしません。和樹さんを傷つけるようなこともしませんから、ご存じのことをお話ししてくださいませんか。お願いいたします」

達郎は深々と、畳につくほどに、頭を下げた。五十鈴はハンカチで目を押さえながら、頷いた。

「和子ちゃんと和樹君のことは、ずっと心のしこりだったんです。申し上げることが、和子ちゃんの供養《くよう》のような気がします」
掠《かす》れる声で五十鈴は言い、二十九年前の出来事を語り始めた。その内容は、こうだった。

雨継の母親である村井和子は、O町で芸者をしていた。芸者名は千鶴《ちづる》だった。和子は二十七歳の時に、未婚のまま和樹を産んだ。和樹の父親は、薄井弘蔵。地元では名家で、代々F町の町長を務めてきた。和子は弘蔵の愛人であった。芸者の時に知り合って、男女関係になってからは、隣のT村に住まわせられ、いわば「妾《めかけ》」として囲われていた。

和樹が産まれた時、弘蔵は五十三歳だった。世間体のため弘蔵は和子の出産を渋ったが、和子は「御迷惑は絶対にお掛けしません。私が一人で育てますから産ませてください」と弘蔵に泣いて頼んだ。和子は身体が弱いうえに何度か弘蔵の子供を中絶しているので、「これが子供を産む最後のチャンス」と思ったのだろう。また、和子は、年の離れた弘蔵のことを、本当に愛していたのかもしれない。和子の意志は固かった。

和子は密かに和樹を出産した。弘蔵もなんだかんだ愛情を持っていたので、和子と和樹の顔を見に、和子の家をしばしば訪れた。それは和樹が八歳になるまで続いた。

しかし、和樹が大きくなるにつれ、弘蔵と和子の関係が噂となってF町にまで流れていった。権力者である弘蔵や薄井家の人たちに面と向かって言う者はいなかったが、噂は静かに広がっていたのだ。

村の人たちの中には、妾の子である和樹に、冷たい態度を取る者もいた。孤独な和樹は、よく一人で遊んでいた。そしてある日、神社の境内で、鏡を拾った。小さくて汚い青銅鏡だったが、それを覗き込んだ時、和樹は身体が感電するような、「何か強い力」を感じたという。和樹は鏡を拾って帰り、綺麗に磨き上げ、それをよく覗き込むようになった。

この青銅鏡との出逢いが、和樹の〈陰陽師〉としての始まりだったのだろう。

ある時、村で小さな女の子が行方不明になった。「誘拐だ」「神隠しだ」と村は騒然となった。和樹が鏡を覗き込んで、「女の子はどこにいるんだろう」と考えていると、鏡に「井戸の中で泣いている女の子の姿」が映ったという。和樹はこの時、驚いただろう。和樹は女の子を助けたいがため、皆の前で言った。「その女の子、もしかしたら井戸に落ちたのかもしれない。まだ生きてるよ、きっと」と。和樹の言うとおり、女の子は井戸に落ちていた。女の子は無事救出されたが、「誰かに後ろから突き飛ばされた」と泣くばかりで、はっきりしたことは覚えていないと言った。

村の人たちは、「お前がやったんじゃないのか」と妾の子である和樹に冷たい目を向けた。「僕じゃないよ」と和樹が言うと、「じゃあ、どうして井戸の中にいると分かったんだ」と責めた。「鏡に映った」と言っても、「頭がおかしいのか」と信じてもらえなかった。

この一件も噂になって駆けめぐった。

それで和子と和樹は余計迫害されるようになり、町長の選挙が近づいていたこともあったので、弘蔵は和子についに別れ話を持ち出した。そろそろ潮時だと思ったのだろう。そして和子も覚悟ができていたのだろう、取り乱したりはしなかった。

弘蔵は二千万の手切れ金を渡し、「この地を出て行ってくれ。もし、足りなくなるようなことがあったら、私は死ぬまで何かの援助をさせてもらうから、電話なり手紙なりをくれ。親らしいことができず、お前にも和樹にも、本当に申し訳なかったと思っている」と謝った。

和子は「ありがとうございます。準備ができましたら、すぐにこの地を離れます。私こそ我儘で出産してしまったのに、ここまでしていただいて、恩に着ます」と涙を流した。

ところが、それから二日後、忌まわしい事件が起きた。

弘蔵の妻・康代（当時五十九歳）と、弘蔵の息子・弘一郎（当時二十八歳）が、和子の家に乗り込んできたのだ。その時、和子は家の中で三味線を弾いていた。康代は庭先にいた和樹に優しい声を掛け、弘一郎を指し、「このおじちゃんがお母さんにお話があるんだって。だから、坊ちゃん、おばちゃんと一緒にこの近くで遊んでいよう」と和樹を騙して外に連れ出した。いつも一人だった和樹は、優しい言葉を囁かれ、康代を無邪気に信じてしまったのだろう。

その隙に、弘一郎が和子を犯したのだ。弘一郎は、和子の淫らな写真まで撮り、脅かした。

「もう俺たちの一族には絶対に近づくな！　もし親父に連絡したりしたら、この写真を見せるぞ！　『和子は、愛人の息子とも密通していた淫乱女だ』って言ってやる。親父から受け取った金も返せ！　そして、薄井家とは今後いっさい関わるな！」と。

財産分与の時に、弘蔵から和子と和樹にいくらか渡ることになるかもしれないので、ここで釘を刺して阻止したのだろう。

障子が開かれ、弘一郎が「母さん」と康代を手招きすると、彼女の顔が急に鬼のようになり、和樹を睨みつけた。鬼と化した康代は家の中に入り、和子を怒鳴りつけた。

「お前みたいなクズの女になんて、びた一文くれてやるもんか！　この虫けら！　今すぐ出て行け！」

康代は狂ったように叫びながら、夫を奪われていた今までの憎悪をぶつけるかのように、和子を殴った。そして手切れ金の二千万も奪い取った。

その時、ただごとならぬ気配を感じながら、家の中に入ってはいけないような気がして、和樹は庭で怯《おび》えていた。

康代と弘一郎が帰っていった後、和樹は恐る恐る障子を開けた。和子は着物を乱したまま、啜り泣いていた。幼くとも、どのようなことがあったか、和樹は漠然と悟っただろう。そして、今まで知りもしなかった〈強い憎悪の感情〉が、この時幼い和樹の心に沸々と湧いてきたに違いない。「決して許すものか」という激しい怒りが。

このような屈辱的な出来事があり、和子と和樹は逃げるように家を出たが、お金も奪われてしまった二人は行き先不安で、和子が昔お世話になっていた芸者置き場に身を隠した。口の堅い和子だが、自分の身に起きた不幸を、芸者置き場の女将にはつい話してしまった。女将の五十鈴は、和子が芸者だった頃、母親のように慕っていた女性だったからだ。

五十鈴は和子を気の毒に思い、湯沢《ゆざわ》の温泉を紹介した。和子は和樹を連れて湯沢に流れ、そこで芸者を再び始めたが、寒い地で体調が優れず、二年ほどしか続かなかった。

和子は和樹と一緒に各地を転々とし、最後は東京に出てきて三味線を教えたりもしていたが、ついに病に倒れてしまった。

「……私が知っているのは、そこまでです。一度だけ、和子ちゃんから手紙を貰いました。『今、入院しています。和樹が一生懸命がんばってくれてます。いい子を持って、幸せです。東京は青森よりは暖かいですよ。和樹のためにも、早くよくならなくちゃ』って、震える文字で書いてありました。あの時、お見舞いに行ってあげればよかった……。それから一年も経たないうちに、和子ちゃんは亡くなりました。和樹君から連絡があったのはお葬式の後で、私は十日ほど経ってお線香をあげに行きました。あの時の和樹君、今でも覚えてますよ。魂が抜け落ちてしまったような顔をしていました。でも、とても綺麗でしたよ。和子ちゃんによく似ているなと思いました。『大丈夫？　一人でやっていけるの？』と訊きました。和樹君はハッキリ言いました。『大丈夫です。僕はやっていけます。一人で、必ず生きていきます』って。しっかりしてましたよ、その頃から。青森にも戻りたくなかったでしょうから、無理には誘いませんでした。和樹君のお友達もきていて、その雰囲気から、水商売のバイトでもしているのかなと思いました。でも、詮索するのもなんですからね、訊きませんでしたけれど。……そうですか、今、こんなに御立派になっているんですか。頑張って生きてきたんですね。よかったです、本当に。……でも、和樹君のこの姿、和子ちゃんに見せてあげたかったなあ」

五十鈴は和樹の写真を胸に抱き、嗚咽《おえつ》した。冬花もハンカチで目を押さえている。もらい泣きしそうで恥ずかしかったのだろう、達郎は天井に目をやり、涙腺が緩むのをこらえているようだった。

☆

遅くなってしまい、新幹線の都合がつかず、達郎と冬花は旅館に泊まることにした。O町は温泉地なので旅館はいくつかあるが、夏休みなのでどこも混んでいた。ようやく宿泊可能の旅館を見つけたが、一部屋しか空いていないという。不安そうな冬花に、達郎は言った。

「大丈夫。冬花さんが嫌がるようなこと、絶対にしないから。俺を信じてよ」

彼の言葉に、冬花は頷いた。ずっと男性恐怖症だった彼女が、男と同じ部屋で宿泊することを受け入れるというのは、かなりの進歩である。それほど達郎を信用し、好意を抱いているということだろう。

部屋はそれほど広くなく、ひなびた趣《おもむき》だったが、それがまた情緒《じょうちょ》があって良い。和机に向き合って座り、二人ともモジモジとしていた。達郎は照れくさいのを隠すかのように、煙草を引っ切り無しに吸い、ビールを飲む。そんな達郎に時おり目をやりながら、冬花は静かに緑茶を飲んだ。

「でも……収穫がありましたわね。雨継のこと、よく知ることができました。悲しいお話でしたけれど」

冬花の声はしんみりとしていた。

「予想以上に重苦しい話だったな。雨継のあのクールな表情の裏には、どろどろとした感情が隠れているということか」

達郎は忌々しそうに、煙草を揉み消した。

「華子を狙ったのは、雨継自身だったのですね。弘一郎の娘である華子に、復讐の矛先を向けたのでしょう」

「弘一郎の原因不明の大怪我、そして今の薄井家の低迷ぶりを見ていると、それも雨継が企んだようにも思えてくるな。恨みの感情とは恐ろしいものだ」

「華子のことを知り、彼女の旧姓やプロフィールなどを見るうちに、薄井家の娘と気づいたんでしょうね。彼女、インタビューなどでも高飛車な発言が多かったですから。そういえば、自分の親が町長などということも、どこかで話していましたもの」

「華子の生年月日から、『弘一郎が和子を犯したのは、弘一郎の妻である節子が、華子を産みに東京の実家に帰っていた時だった』という事実に気づいたんだろうな。それでよけいに憎しみが増したのかもしれない。……穿《うが》った見方かもしれないが、雨継が二年前に突然マスコミに現れ始めたのも、華子に近づくためだったと考えると、合点がいくな」

冬花は溜息をついた。

「病気のお母様を助けるために、雨継は高校にも行かずに働いていたんですものね。自分たちを追い詰めたのは薄井家なのに、そこの娘は女王様気取りでは、憎しみも増したでしょう。華子はインタビューなどでよく、華やかだった大学時代や留学時代を鼻高々に語っていますわ。そんな彼女が、和樹は許せなかったに違いありません」

「『自分が一番苦しかった年齢の時に、この女は楽しくラクに生きていたんだ』と思えば、やりきれなかっただろうな。二十二ぐらいまで、雨継は二丁目にいて、母親を助けるために身体を売ってたんだから。高収入を求め、コネも学歴もない彼が辿り着いたのは、〝男娼〟の道だった。……辛かっただろうな」

達郎は頬杖をついて、ビールを飲んでいた。

「雨継が男娼で終わらなかったのは、彼には美貌だけでなく、幼い頃に拾った鏡がもたらしたらしい占い・まじない、という能力もあったからかもしれませんわね。そして、やがて尾上啓吾郎という強力なパトロンを見つけ、今に至るのですわ。そう考えると、雨継の人生って悲劇的でもあるけれど、一種のシンデレラストーリーのような気もします」

冬花の意見は的確で、達郎は苦笑した。

「そうだな、悲劇的でいて超人的でもあるんだな、雨継って男は。……そして恩人である尾上啓吾郎が三年前に亡くなると、雨継は長らく計画していたことを実行に移し始めた。それが、薄井家への復讐だった、ってことだな」

冬花は達郎をじっと見つめ、言った。

「雨継は、華子への復讐を、まだ続ける気でしょうか」

達郎は首を振った。

「分からないな。復讐といっても、どの程度までしたいのかによるだろう。父親と同じように大怪我させたいとか、物騒だが殺してやりたいとか……。やはりこの件に関しては、大事になる前に記事にしたほうがいいな。雨継の出生のことなどは秘するとしても、彼が華子を陥れようとしていることなどは書いてもいいと思う。そうすれば華子の周りの人たちも、もっとガードするようになると思うからね」

「そうですわね。大事になる前に、食い止めたいですわね」

達郎と冬花は、頷き合った。

二人は少し離れて布団を敷き、休んだ。疲れていたのだろう、冬花はすぐに寝息を立て始めた。そんな冬花を横目で見ながら、達郎はなかなか寝つけなかった。

達郎は布団から起きて、独りでビールを啜った。冬花の可愛い寝顔を見ながら飲むビールも、また格別だ。達郎は小声で呟いた。

「あーあ、情けねえなあ。冬花さんが素敵すぎて、俺、手も出せねえや」

冬花のことを大切に思うあまり、達郎は彼女を抱くこともできないのだ。もう午前三時を回っている。

達郎は缶ビールを飲み干し、大きな溜息をついた。そして息を潜めて冬花に近づき、彼女の美しい額に、そっと触れるようなキスをした。

夏美の心

翌日、東京に帰る前、達郎と冬花は薄井弘一郎が入院している病院へ見舞いに行った。弘一郎はただひたすら眠り続けていて、話をすることなど不可能だった。食べることすらままならないのだろう、痩せこけてしまっている。彼の妻の姿も見えず、二人は看護師に見舞いの花を渡し、病院をあとにした。

「いくら悪人だったとはいえ、今の姿は痛々しいな」

達郎の言葉に、冬花も頷いた。

帰りの新幹線の中で新聞を広げると、文化欄に〈おしどり後白河夫妻、オペラ絶好調〉と好意的な記事が載っていた。昨夜から、初台のグレースホールで二週間続くオペラ公演が始まったのだ。

「モーツァルトは私の永遠の憧れの人。彼のアリアを歌えることは、最高の幸せ」と、華子が満面の笑みでインタビューに答えていた。達郎と冬花はじっくりと記事に目を通した。

「グレースホールなら警備も厳重ですし、公演中は雨継もさすがに彼女に手出しはできませんわね。邦夫さんも注意しているでしょうし」

「東京に戻ったら、邦夫さんに報告しなくちゃな。華子から決して目を離さぬよう、言っておくよ。……しかし、雨継と華子の経緯を知ったら、邦夫さん、ショックだろうな」

東京に着くと、達郎は邦夫のもとへ行き、冬花は家へと戻った。冬花は、青森で知った事実を、夏美に話した。

夏美は腕組みをしてじっと聞き、冬花の話が終わっても、黙ったままだった。重苦しい静寂が漂う。夏美は怒ったような顔で、宙の一点を睨んでいる。冬花も姉になんと言葉を掛けてよいのか、分からないようだった。

夏美はテーブルに置いてあったシャンパンを瓶ごと掴み、ラッパ飲みをした。喉に勢い良く流し込む。冬花は驚いたような顔で、姉を見つめた。夏美は喉を鳴らしながらシャンパンを半分ほど飲み干し、小さくゲップをして、言った。

「ま、人生、誰にでも色々あるってことね」

そして夏美は大きな溜息をつき、今度はキセルに火をつけ、吹かした。姉にいつもの調子が戻ったので少し安心したのだろう、冬花が言った。

「大丈夫ですわ。写真の嫌がらせぐらいでやめれば、大事にもならないし、雨継も逮捕などされませんよ。オペラ公演の間は華子さんに接近できないでしょうし、邦夫さんにも目を光らせておいてもらいますわ。達郎さんが今、邦夫さんにすべて説明していますが、邦夫さんが華子さんに真相をもし話すとしてもオペラ公演が終わってからでしょう。公演の間は、華子さんを動揺させるようなことは可能な限り慎《つつし》むと思いますから。雨継の嫌がらせを防ぐには、彼に近づかなければいいのです。でも……雨継がほかにも華子さんの写真やビデオなどを持っていて、それを公にしてしまったりしたら、一大事ですけれど……」

言った後、それが現実になったことを想像して怖くなったのだろう、冬花は顔を顰《しか》めた。夏美は妹の話を聞いているのか聞いていないのか分からないような表情で、ソファに寝そべってキセルを吹かしていた。そして流していたマイケル・シェンカーのハードロックCDが終わると、猫のように大きく伸びをし、立ち上がった。

「まあ、一大事になるのも面白いかもね。冬花の話を聞くに、悪いのってどう考えても薄井ファミリーでしょ？　愛人が憎いっていったって、そこまでするもんじゃないわよ。罪がめぐりめぐって華子に回ってきたとしても、因果応報、仕方がないって感じ。それに華子だって自業自得でしょ？　恋敵を自殺未遂させてまで手に入れた夫を裏切って、淫らな秘儀に夢中になっていたんだから。……あーあ、やだやだ、そういう旧家のどろどろしたような話って、シュミじゃないのよね、私。シャンパン飲み過ぎてなんだか眠くなっちゃった。ちょっと寝るわね。……冬花も疲れたでしょ。少し昼寝しなさいよ」

夏美はそう言うと、豹柄のガウンを翻《ひるがえ》し、リビングを出て行った。

リビングのドアを閉めると、夏美は急に真剣な顔になり、早足で廊下を進んだ。そして自分の部屋に入り、震える手で携帯電話を摑んで、雨継の事務所へと電話を掛けた。心を落ち着かせるかのように、夏美は目を閉じる。夏美には、自分の心臓の鼓動が聞こえていた。

夏美は雨継にどうしても伝えたかったのだ。「貴方の過去を嗅ぎ付けた人がいる。華子との因縁も。お願い、後白河夫妻に、もうあれ以上のことはしないで」と。

電話が繫がり、夏美の目が大きく開かれた。彼女の表情が凍りつく。夏美は携帯電話を落とした。受話器から繰り返し流れるのは、「この電話番号は現在使われておりません」というアナウンスだった。夏美は茫然《ぼうぜん》と立ち尽くした。

『魔笛』――夜の女王の〝官能〟――

『魔笛』の公演三日目は、来日中のスペイン王子を招待していたので、グレースホールには多くの報道陣が詰め掛けて賑わっていた。公演の前に後白河夫妻のインタビューなどもあり、その様子は昼のワイドショーでも流された。

「スペイン王子に舞台を御覧になっていただけるなんて、光栄ですわ。本日は私にとって、名誉ある、最高の記念日となるでしょう。おほほ……」

テレビ画面に映る華子は、胸の谷間も露わな真紅のドレスを纏い、勝ち誇ったように笑っている。司会者も舞台が好評なのを褒めた後、「華子さん、一段とお美しく、そしてセクシーになられましたよね」などと彼女を賛美していた。

テレビを消し、冬花が夏美に訊いた。

「今日の公演、お姉さま、やっぱりいらっしゃいませんの?」

華子のことで相談に乗ってあげた御礼ということで、冬花は邦夫から達郎とともに招待を受けているのだった。夏美は髪を弄《いじ》りながら、物憂げに言った。

「私はオペラには興味ないから。それに冬花と達郎さんが招待されているんでしょう？　二人で行ってらっしゃいよ」

「達郎さんもオペラを見たことがないらしくて、退屈で寝てしまわないか不安なんですって。だから、できればお姉さまと私とで行ってほしいとのことですわ」

夏美は笑った。

「あはは、達郎さんがそんなこと言うわけないじゃない！　達郎さんは公演なんてどうでもいいの、冬花と一緒にいられればハッピーなんだから。だから二人で行ってきなさい。それに……正直言うと私、後白河華子の舞台、見たくないのよ」

顔を顰める夏美に、冬花は苦笑した。


達郎と冬花は、初台にあるグレースホールへと向かった。八月も終わりだが、夜風にはまだ熱気がこもっている。グレースホールはグレースビルの二十階に位置しており、ビルの前には報道陣の山ができていた。出入り口には何人ものガードマンが立ちはだかっている。グレースビルは夜空に向かい、イルミネーションを煌《きらめ》かせながら聳《そび》え立っていた。

「大盛況ですわね。日本のクラシックの催しで、こんなに報道陣が押し掛けるなんて、珍しいと思いますわ」

席に座り、冬花が達郎に耳打ちする。邦夫が用意しておいてくれた席は、一階席八列目の中央だった。オペラグラスを使わなくてもよく見える、とても良い席だ。

「まったくだ。テレビ局、新聞、雑誌と各メディアが集まっている。今日はBSで生中継もあるからな。観客たちもテンション上がってるだろう。超満員で人いきれしてる」

開演五分前になり、二階席で大きなどよめきが起きた。一階席の観客も皆、振り返って二階席を見る。スペイン王子が従者に囲まれ、現れたのだ。薄暗くなったホールの中、ライトが王子を照らし出す。王子が観客たちに手を振り、一礼をして着席すると、拍手喝采《かっさい》が起きた。理知的で美しいスペイン王子は、今、世界のメディアが注目する人物なのだ。王子と従者たちは、舞台全体をよく見渡せる、二階中央の最前列と二列目を占めていた。

照明が落ち、真っ暗になると、いよいよ始まるという緊張感が客席にも漂う。煌々《こうこう》としたライトが、指揮者とオーケストラを浮かび上がらせた。タキシードに身を包んだ後白河邦夫が上品な笑みを湛え、客席に向かって優雅に礼をすると、熱烈な拍手が起きた。邦夫は観客に笑顔を振り撒いたが、オーケストラへと向き直った時には怖いほどの真顔になっていた。邦夫がタクトを振ると、穏やかで厳《おごそ》かな、美しい調べが響き始めた。それは徐々に速度を増し、活気づいてゆく。まるで舞台のこれからの盛り上がりを表すかのように。バイオリン、チェロ、フルート、ファゴット、そのほかの音色が融け合い、一つの世界を作り上げてゆく。そして邦夫はタクトを振り上げ、その音の世界を、懸命に統制していた。

幕が上がると、タミーノ役の伊丹浩次《いたみこうじ》のテノールから始まった。舞台の上にはセットの金色の大蛇がとぐろを巻いている。タミーノは大蛇を恐れ、「助けてくれ！」と歌うのだった。そしてタミーノが恐怖のあまり失神すると、三人の侍女が登場し、ソプラノを響かせた。三人の侍女とは、華子演じる〝夜の女王〟のしもべである。三人とも黒ずくめの衣装に身を包み、同じ髪型、同じメイクだった。

夏美はソファに寝そべり、BSでの『魔笛』公演の生中継を見ていた。「華子の舞台を見たくない」といったものの、やはり気になるのだ。

華子が登場すると、会場の空気が一瞬にして変わった。観客たちは身を乗り出し、釘付けになったように華子を見つめる。華子は姿を現すだけで、観客の心を摑んでしまったようだった。

舞台の上の華子は、まさに光り輝くように美しかった。その姿に、観客の間からざわめきが起きたほどだ。華子のオーラは、観客を熱狂させるにじゅうぶんなものだった。

華子は天にまで突き抜けるような澄みきった高音で、歌い始めた。彼女の歌は、やはり別格であった。ほかの出演者が気の毒になるほど、段違いに上手い。観客たちは息を呑んで、華子の歌を聴いていた。

いかにも〝夜の女王〟といった黒ずくめの衣装なのに、華子は眩しいほどに艶やかだった。豪華な黒いドレスが、彼女の白い肌をより際立たせ、彼女の顔立ちをよりハッキリと見せていた。胸元が大きく開いたドレスから乳房が半分覗いており、華子が熱唱して声を震わせるたび、露わな乳がぷるぷると揺れた。

舞台の上の華子は、彼女の悪い噂など吹き飛ばしてしまうほどのパワーに溢れていた。彼女が仮に成功するために多くの男たちと寝たという過去があったとしても、今のこの地位にまで上り詰めるにはそれだけではなかったと、華子は身をもって証明していた。全身全霊で歌う華子に、誰もが鳥肌を立たせていただろう。

歌い終わって華子が舞台を去ると、割れんばかりの拍手が鳴り響いた。興奮でハンカチを握り締めている女性客もいた。華子の印象があまりに強かったので、次の場面、誰もがやりにくそうに見えるほどだった。

夏美はソファに寝転がりながら、テレビに映る華子を見ていた。そして彼女の歌が終わると、「ふん」と鼻を鳴らしてワインをラッパ飲みした。

その頃雨継は、鎌倉にある隠れ家に潜んでいた。薄暗い地下室の中、蠟燭を何本も立て、雨継は神経を集中させる。彼の前には青銅鏡と、華子の写真が置いてあった。揺らめく蠟燭の炎に包まれ、雨継は唱え続けた。

『魔笛』第一幕が終わり休憩時間になっても、トイレになど立たずに席についたままの観客が多かった。冬花はコーヒーを買いに行き、達郎にも渡した。

「皆様、華子さんに興奮してらっしゃるようですわね。廊下でも、華子さんのお話ばかりしていますわ」

「確かに歌は上手だな。ほかの出演者たちの二倍ぐらい声量があるように聞こえる。オペラにド素人の俺でも凄いってことは分かるんだ、華子が〈日本オペラ界未曾有《みぞう》のスーパースター〉と謳われるのも理解できるよ」

華子の人格はともかく、その才能には達郎も冬花も平伏してしまったようだった。

再び暗くなり、第二幕が始まる。森の中の場面が終わり、庭園のあずまやの場面になる。ベッドの上でパミーナが眠っていると、夜の女王が現れ、娘であるパミーナに短剣を渡し、ザラストロの殺害を命じるくだりだ。ここでは、このオペラの最高の見せ場となる〈夜の女王のアリア〉がある。このアリアを歌うことは、ソプラニストなら誰もが夢見るだろう。それほど圧倒的な場面なのだ。

華子が登場すると、多くの観客たちは姿勢を正した。彼女のアリアを今から聴こうという喜びと緊張が、観客にまで漲《みなぎ》っている。パミーナ役の香澄は、今日も本番間際まで華子に怒られていたせいか、声が伸びずに辛そうだった。舞台の上でも完全に華子に呑まれてしまっていて、精彩がなかった。

華子は宝石が鏤《ちりば》められた黒いドレスを翻《ひるがえ》し、まさしく女王のように君臨していた。パミーナ役の香澄に恐ろしい顔で迫り、彼女に短剣を差し出す。邦夫の指揮に合わせ、華子のアリアが始まった。アリアのタイトル。それは、〈地獄の復讐が胸にたぎる〉――。

雨継は目を瞑り、青銅鏡に向かってタクトを振りながら、呪文を唱え続けていた。力を込め、全霊で唱えているのだろう、雨継の全身に静脈が青く浮き出している。

華子は透きとおる高音を響かせ、アリアを熱唱する。ダイヤモンドのような輝きを放つ華子は、優美な風格を漂わせ、観客たちを恍惚とさせた。皆、華子に見とれ、息を呑んで彼女の歌を聴いていた。グラマラスな華子は、一種の官能美さえも湛え、観客たちを魅了するのだった。

「ア、ア、ア、ア、アー」

アリアの中のヴォカリーズも、天界にまで届くような華子の高音を誇示するに最適だ。華子は意気揚々と声を轟《とどろ》かせた。

その時、華子の身体に異変が起きた。

曲が高まった瞬間、あの日のことが思い出され、膣にタクトの感触が蘇ったのだ。モーツァルトとの秘儀で、膣にタクトを挿入された、あの快楽が、突然呼び起こされたのである。すると華子の全身に電流のようなエクスタシーが走った。

「ア、ア、ア、あ……ああっ、ああっ、あ、あ……ああっ」

華子の声の変化に観客たちはすぐに気づいたが、「調子が狂ったのかな」程度にしか思わなかっただろう。しかし華子の声は、明らかに「喘ぎ」に変わっていった。

「ああっ……あああっ……ああん……ああっ」

さすがに皆、異変に気づいたようで、微かなざわめきが起きた。舞台の上、華子は目を見開き、身体を震わせて、止まらないかのように喘ぎ声を出した。

「あああっ……あああん……あああーーーーーっ！」

華子は両手で自分の身体を撫で回しながら、悶え始めた。観客たちは何が起こったか分からないといった表情で、呆然と舞台を見つめている。邦夫も舞台の異変に気づいていたが、指揮を中断してよいか判断がつかず、タクトを振るのをやめずにいた。

雨継は青銅鏡に向かって、呪文を呟きながら、タクトを振り続けた。満身の力を込めているのだろう、雨継の額から汗が垂れ落ちる。蠟燭の炎はますます大きくなり、激しく揺れ動く。

華子の膣に、モーツァルトの逞しい陰茎の感触も蘇った。何度も与えられた、めくるめく快楽も。華子はもう、抑えが利かぬ淫乱な生き物のように、舞台で身をくねらせた。

「ああんっ……はあああっ……ううんっ」

華子は自分の肩の辺りをまさぐり、そして勢いあまったように、ドレスをずり下ろした。華子の、白く豊満な乳房が、曝《さら》け出された。

「うわあっ！」

場内に衝撃が走り、観客たちもさすがに驚愕《きょうがく》の声を上げた。仰天して、席を立ち上がる者もいた。邦夫も指揮をやめた。音楽が止まっても、華子の喘ぎ声は止まらなかった。

「んんんっ……ほしいの……あなたのオチンチン……うううんっ……」

華子は舞台の上で放送禁止用語を叫び、露わになった乳房を自ら揉みしだく。彼女のミルクに浸したような肌は、ライトを浴びていっそう艶かしく輝いている。桜色の乳首も、興奮でツンと突起していた。

香澄もほかの出演者たちも、皆どうしていいか分からないといったように、舞台で立ち尽くしてしまっている。突然狂い出した華子が、皆、恐ろしかったのだろう。香澄などは指を咥えて泣いてしまっていた。

「ライトを落とせ！」

誰かが叫んだ。

華子の乳房が露わになった時、テレビ放送が中断された。砂嵐になり、放送事故を告げる「そのまま暫くお待ちください」というテロップが流れた。突然のことに夏美も驚いてソファから起き上がり、画面を眺めて呆然とした。

「たいへんなことになるわね……」

夏美は真顔で呟いた。

華子は乳房を自ら揉みしだきながら、何かに取り憑かれているかのように舞台を蠢き、セットのベッドに倒れ込んだ。そしてドレスを太腿のあたりまで捲り上げ、黒いショーツの中に手を入れ、乳房を揺らしながら絶叫した。

「私に挿れて！　オマンコにぶち込んで！」

雨継は最後の力を振り絞るように、タクトを振った。その時、蠟燭の炎が青銅鏡に反射し、鏡から光が飛び散った。その光は華子の写真にぶつかり、それを燃やした。燃えた部分は灰となり、華子の顔がみるみる黒ずんでゆく。それを見て雨継は、ニヤリと笑った。緑がかった目は、血走っている。彼の額から汗が流れ落ちた。

照明が落ちた舞台の上で、華子はショーツに手を入れ、秘部を激しく擦った。親指でクリトリスを揉み、中指と人差し指二本をヴァギナに入れて掻き回す。こらえきれぬ快楽で、華子の唇は涎《よだれ》で濡れていた。華子は右手で秘部を慰めながら、左手で乳首を弄った。

観客たちは凍り付いてしまったかのように、身動きできずにいる。達郎と冬花も、驚きのあまり舞台から目を逸らせずにいた。

モーツァルトのペニスの先でGスポットを突かれ、華子は何度も潮を吹いたのだった。それを反芻《はんすう》するかのように、華子は指でGスポットを夢中で刺激した。痺れるほどのエクスタシーが、彼女を猛烈に掻き立てる。

たまりかねたのだろう、邦夫は「幕を下ろせ!」と叫びながら舞台に上がった。

「あああーーーーーっ!」

ベッドの上で悶えながら、華子は雄叫びを上げた。そして、達してしまったかのような妖艶な表情をし、唇を噛み締めた。

華子の太腿の間から、液体が溢れ出た。それはシーツを黄色く染めてゆく。液体は華子の足を伝わり、舞台へと垂れ落ちた。

「やだ……臭いわ」

前方の席に座っている観客たちが騒ぎ始めた。華子は失禁してしまったのだ。幕が下りるのが間に合わなかった。

「華子!」

妻を覆い隠すように、邦夫は華子を抱き締めた。その時、ようやく幕が下りきった。

異常な事態に、観客たちは騒然となった。気分を害したのだろう、スペイン王子一行は席を立ち、直ちに帰ってしまった。場内にアナウンスが響いた。

「皆様、本日はお越しのところ、たいへん申し訳ありません。出演者が急病のため、本日はこれで公演を中止させていただきます。急なことでしたので、代役も立てることができず、まことに申し訳ありません。チケットの御返金についてなどは、改めて必ず御連絡させていただきますので、どうぞ御了承くださいませ……」

観客たちのざわめきは、いっそう大きくなる。狐につままれたといった表情で呆然としている者、怒ったような顔で会場を出てゆく者、色々だ。達郎と冬花も会場をあとにした。

扉を出ると、廊下には騒動を聞きつけたマスコミが押し寄せ、ガードマンと揉めていた。エレベーターで降りると、ビルの入り口でも大騒ぎになっていた。スペイン王子が訪れた日に大事件が発生したので、報道陣は色めきたっているようだ。「押すな、押すな！」と、興奮状態で揉み合っている。

「面倒だな。裏口から出よう」

達郎と冬花は裏口に回ったが、そこにも報道陣がいて、「いったいどんな様子でしたか」と質問された。達郎と冬花は何も答えず、うつむき加減で「急いでますので」と彼らを振り切った。

二人は足早にビルを離れ、タクシーを拾って乗り込んだ。シートにもたれて一息つくと、達郎が言った。

「まさか……あそこまでやるとは思わなかったな」

「やっぱり……そうですわよね」

二人は見つめ合い、頷き合った。

罠

華子の失態は、大騒動へと発展した。スペイン王子が見にきていたため、海外にまでニュースが流れた。

「世界的プリマ・後白河華子、スペイン王子の目の前、舞台で失禁!」、「夫の指揮に合わせ、胸を露わに悶絶!」、「異様なる醜態《しゅうたい》、舞台上で『オマ×コ、オチン×ン』と放送禁止用語を絶叫」、「舞台で自慰行為、薬物症状か?」など扇情《せんじょう》的な記事が、新聞・雑誌などを埋め尽くした。

公演はすべてキャンセル、CMも打ち切り、その損害賠償など、華子には大打撃となった。華子は神経衰弱となり、寝込んでしまった。

この事態に、邦夫も頭を抱えていた。彼も精神的に参ってしまっていただろう。華子は口もきけない状態なので、母親の節子が青森から出てきて、彼女に一日中付き添っていた。

達郎は邦夫に念を押して、言った。

「もしかしたら、華子さん、自ら命を絶ってしまうかもしれません。だから、絶対に目を離さないでください」

春野邸にも、鬱々とした空気が立ち込めていた。華子の事件は、雨継が企んだものだと、夏美も冬花も気づいていたからだ。ここまでやると夏美も思っていなかったのだろう、ショックが隠せないようだった。雨継と連絡がまったく取れなくなってしまったことも、気掛かりなのだろう。

一週間以上が経ち、過熱した報道が少し治まった頃、邦夫から達郎に電話が入った。達郎は午前中に新しい仕事の打ち合わせを終え、冬花と落ち合ってランチを食べているところだった。

「申し訳ありません。部屋に鍵を掛けておいたのですが、私が仕事に出掛け、お手伝いが買い物に行った隙に、妻がいなくなってしまいました。義母と一緒に」

達郎は、邦夫を落ち着かせるように言った。

「もしかしたら、気分転換で、どこかに散歩にでも行ったのかもしれません。もう少し様子を見てください。……また後で連絡します」

達郎が電話を切ると、冬花が訊ねた。

「どうなさったの？」

「華子が消えたようだ。彼女の母親と一緒に」

「まあ……どこに行ったのかしら。もしかして、雨継のところ？」

二人は顔を見合わせた。達郎は髪の毛を掻き毟《むし》った。

「雨継の居場所がよく分かんないんだもんな。っていうか、雨継はこれ以上、何をすると
いうのだろう。あの二人の命を奪わなければ満足しないっていうのか……」

冬花は眉間に皺を寄せた。

「怖いこと仰らないで！　でも、もし雨継に殺意まであるようなら、邦夫さん、警察に届
けたほうがいいかもしれませんわね」

「警察ねえ……警察か。そうだ、鬼平のオヤジに聞いてみるか」

達郎は思いついたように、鬼平に電話を掛け、軽いノリを装って訊ねた。

「もしもーし。あの、ちょっと聞きたいんだけどさ、例の陰陽師の家って、どこらへんに
あるか分かった？」

「ああ、あいつの育ての親が所有していた不動産を調べ上げて、一応は分かった。しか

し、だ。そこに行ったのに、もぬけの殻だ！　周りに聞き込みをして、数日前までは人が住んでいる形跡があったというから、その住所で間違いはないと思うのだが、誰もいない！　数日張り込んだが、誰も帰ってこない！」

鬼平は不機嫌そうなダミ声で答えた。

「え……で、どこだったんですか、住所は」

「千葉県の佐倉《さくら》だ。Ｋ美術館近くの武家屋敷のような大きな家だったぞ。生前、陰陽師の育ての親が、別宅にしていたところらしい。それはともかく、お前、やつの居所、本当に知らんのか？　もしやあの姉妹も一緒に、お前ら組んでるんじゃないだろうな！」

「やだなあ、変な言いがかりつけないでくださいよ！　そうですか、陰陽師は行方不明中なんですね。わっかりましたあ！　じゃ、また！」

達郎は軽いノリのまま、電話を終えた。そして真顔に戻り、冬花に言った。

「雨継、家に戻っていないらしい。ちなみにあの場所は佐倉だったそうだ」

「佐倉ですか……なるほど。お姉さまの話から東京からそれほど遠いところではないと思っていましたけれど。でも、そこに、今いないということですか？」

達郎は煙草を銜え、頷いた。

「夏美さんの話では、事務所の電話も繋がらなくなってしまったんだろ。ということは、雨継、姿を消す準備をしていたのかもしれない。……華子と母親に、いったいどこで制裁を加えるというのだろう」

冬花は少し考え、言った。

「ねえ、佐倉の、雨継の屋敷だったところに行ってみましょう。そこに何か手がかりが残っているかもしれませんわ」


達郎と冬花は夏美も誘い、すぐに佐倉へと向かった。雨継のことが心配なのだろう、夏美も今度は行動を共にすることを躊躇わなかった。

佐倉のK美術館の近くに着くと、三人はその周辺の、武家屋敷風の家を探した。人家があまりない場所なので、雨継がいたと思われる屋敷はすぐに見当がついた。そしてそこは、鬼平が言ったとおり、もぬけの殻だった。消える準備をしていたということだろうか、荷物もすべて運び出されていた。

「ここよ、確かに。私が連れてこられていたところは」

広い屋敷を見回し、夏美が言った。夏美は懐かしむように、屋敷の中を歩いた。いつも通されていた客室のほかにも、大きな部屋がいくつもある。夏美は、ある部屋の前で、ふと足を止めた。そして、吸い寄せられるように、その部屋の中に入った。そこはオーディオルームのようになっていて、グランドピアノが置いてあった。

　三味線などの楽器は持っていけたが、さすがにグランドピアノまで運び出す余裕がなかったのだろう。置き去りにされていた。

　夏美はグランドピアノに近づき、ぽろんぽろんと鍵盤を叩いた。彼女が弾けるのは『ねこふんじゃった』ぐらいであるが。

「このピアノで編曲をしたりしていたのね……」

　雨継が編曲したマーラーの交響曲を思い出し、夏美は切ない溜息をついた。そして何気なくピアノの下のペダルの辺りに目をやり、「あっ」と叫んだ。

　母親と一緒に写っている、雨継の幼少時代の写真が落ちていたからだ。青森の雪景色をバックに、二人とも幸せそうな表情をしていた。夏美の叫び声に気づき、隣の部屋から達郎と冬花がやってきた。夏美は写真を拾い、二人に見せた。

「お母様と御一緒の写真……お美しい方だったのですね、和子さん」

　冬花が言う。達郎は無精髭を摩《さす》りながら、写真を見つめていた。

「やっぱり、青森に行ったのかもしれないわね……」

　夏美が呟くと、冬花も同意というように頷いた。達郎が力強く言った。

「青森にまた行ってみよう。すべてが始まったのは、あの地なのだから。そして……長年に亘る憎悪の始まりとなったのは、雨継が少年時代に母親と一緒に住んでいた、家だ」

達郎たちは途中で邦夫と合流して、四人で青森に向かった。

☆

達郎から一方的に電話を掛けられ、一方的に電話を切られ、鬼平がブツブツと文句を言っていると、角田が新しい情報を持ってきた。

「警部。あの後白河華子ですが、彼女も天龍雨継の顧客の一人で、彼と親しくしていたという話です。考えすぎかもしれませんが、先日の彼女の大失態、あれは何か暗示や催眠術に操られていたようにも思えませんか？　薬物の影響かとも言われましたが、検査したところ薬物反応は出ませんでしたよね」

鬼平は腕組みして唸り、角田に同意した。

「うむ。あの時の彼女、雨継に何か仕掛けられていたのかもしれんな。よし……後白河華子に色々聞いてみるか。あの事件の様子、そして雨継のこと。少しは話せるぐらいになっただろう。行くぞ、角田」

鬼平と角田は、田園調布にある後白河邸を訪れた。インターフォンを押し、「すみません、警察ですが、奥様にお話をお伺いしたいのですが」とモニターに向かって警察手帳を見せる。お手伝いの幸江が、おずおずと出てきた。

「あの……奥様はお留守にしてらして……」

歯切れ悪く、幸江が言う。

「留守ですと？　では、御主人は御在宅かな」

鬼平が食い下がる。幸江は「ええ」と言ったまま、はっきり答えず、うつむいて唇を噛み締める。幸江の表情から、ただならぬ気配が感じられ、鬼平が強い口調で言った。

「しっかり話してください。いったい何があったんです」

警察相手に隠しておけぬと思ったのだろう、幸江は正直に答えた。

「旦那様は、ライターのお友達が迎えにいらして、タクシーに乗り込んでどこかへ向かわれました」

鬼平の顔色が変わった。

「何？　ライター？　それで、どこへ行ったんです？」

「奥様の御実家のある青森ではないかと……。刑事さん、何かたいへんなことが起きそうな気がするのです。お願いです。旦那様と奥様を、どうぞ助けてください」

心配でたまらないのだろう、幸江は鬼平に泣きついた。

炎

　青森県T村は五年前にF町と合併された。もともと住人は多くなかったが、合併されて町の中心に流れる者が増え、いまやT村だった辺りは過疎《かそ》状態になっている。

天龍雨継が幼年時代を母と一緒に過ごした家も、朽《く》ち果て、雑草が生い茂り、廃墟と化していた。そして、あの出来事から二十九年が経った今、暗く冷たい床板には、縛られ猿《さる》轡《ぐつわ》を嚙まされた華子と節子が転がされていた。

　華子も節子も何も言葉を発することができず、恐怖でひたすら涙をこぼしている。震える二人を見下ろし、雨継は冷ややかに笑った。

「ふふふ……東京からこんな寂れたところへわざわざお越しくださって、ありがとうございました。ま、それはいらっしゃいますよねえ、華子さん。貴女が信頼していた陰陽師から電話が掛かってきて、『なんでこんな事態になったのか、貴方がた薄井家の過去を話してあげましょう。もし指定場所にこなかったり、警察に連絡した場合は、貴女の性器丸出しの淫らな写真が直ちにインターネットや各メディアに流れるものと覚悟してください』と脅かされれば、従わずにいられませんよね。貴女は仮にも〝世界的プリマ〟なのですから。乳房丸出しの写真が報道されてしまったのはまだしも、性器にタクトを突っ込まれているような写真はマズイですよねえ。完全に、再起不能になってしまうでしょう！　節子さんも、よくおいでくださいました。『貴女も一緒にいらっしゃらなければ、娘さんの痴態が全世界に流れますよ』と言われれば、従ってしまいますよね。母親ならば。あははは……」

雨継が嘲《あざけ》るように笑うと、華子は目を見開き、額に青筋を走らせた。華子はこの数日で、人相が変わるほどに痩せ衰えてしまっていた。雨継が華子に与えた制裁は、プライドの塊《かたまり》のような彼女にとって、もしかしたら死よりも苦しい仕打ちだったのかもしれない。節子は憔悴《しょうすい》しきった顔で、ぐったりとしていた。

雨継は朽ちた家の中をゆっくりと歩いた。家はそれほど広くない。仕切っていた障子は取り払われてしまっていたが、小さな部屋が三つと土間ぐらいだったろう。古びた床板が軋《きし》む音を立てた。雨継は華子と節子を再び見下ろし、低く唸るような声を出した。

「では、そろそろ、貴方がた薄井家と私についての因縁を話して差し上げましょう。……私は、薄井弘蔵氏とその愛人だった村井和子の間にできた子供なのです」

華子と節子の顔が蒼白になった。節子はともかく、華子は祖父に隠し子がいたことを初めて知っただろう。華子はさらに目を見開いた。雨継はクッと笑い、いつもと変わらぬ淡々とした口調で続けた。

「つまり私は、貴方がたの夫であり父親である弘一郎氏と、異母兄弟ということです。そして弘一郎氏は、私と母親に、酷いことをしました。二度とこの場所に戻ってこれぬように、二度と薄井家に近づかぬように……弘一郎氏は、私の母親を犯したのです。今、貴方がたが転がされている、この家で」

華子は目の縁を赤く染め、節子を見た。節子は虚《うつ》ろな目で、半ば死んだような表情になってしまっている。あまりに忌まわしい過去を聞かされたからだろう、華子の目は充血し、激しい震えが止まらなくなった。

雨継が露わにした事実は、節子はどこからともなく耳に入ってくる噂で、薄々と知っていたかもしれない。しかし青森での生活が短かった華子は、まったく知らずに過ごしていただろう。

雨継は冷酷な笑みを、もう浮かべていなかった。彼は目を吊り上げ、恐ろしい形相《ぎようそう》に変わっている。

「私の母は、なにも貴方がたから財産を分けてほしいわけではなかったのです。弘蔵氏に言われて、おとなしくこの場所を離れるつもりだったのです。それなのに……。それなのに」

雨継は節子を指さし、声を絞り出した。

「貴女が東京で華子さんを出産されている時に、私の母親は、弘一郎氏に、貴女の夫に犯されたのです。華子さんの次は、貴女を苦しめて差し上げましょう！」

そう言うと、雨継は懐から青銅鏡を取り出した。そしてそれを節子に向け、呪文を唱え始めた。

「犯《はん》、呪《じゅ》、罪《ざい》、瀆《とく》、斬《ざん》、血《けつ》、殺《さつ》、焼《しょう》、苦《く》。

ナウマクサンマンダバザラダンカン。

急急如律令」

満身の力を込めて雨継が唱えると、節子は白目を向いてもがき苦しみ始めた。

「うぐっ……うぐぐっ……」

母の異変を隣で見ているのに叫ぶことすらできず、華子はもどかしそうに身を揺さぶる。華子の真っ赤な目から涙が流れ落ち、洟《はなみず》までこぼれた。

「雨継、いい加減にやめなさいよっ！　この馬鹿！」

その時、透きとおる怒鳴り声が、この異様な空気にひびを入れた。ハッとしたように雨継が振り返る。入り口には、夏美が立っていた。雨継に叫んだのは、彼女だった。

雨継と夏美は、見詰め合った。彼女の大きな瞳には、雨継さえも威圧するほどの、炎が燃えている。夏美は雨継をまっすぐに見て、言った。

「みっともないこと、やめなさいよ！　もう、じゅうぶん復讐したじゃない。それ以上やったら、貴方が醜《みにく》くなってしまうわ。貴方のお母さんだって、そんなこと望んでいるわけないでしょう。……貴方は、本当は、とても素敵な人なのに……」

こらえきれなくなったのだろう、夏美の目から涙がこぼれた。夏美の言葉と涙に、雨継はふと正気に返ったように、その場に佇《たたず》んだ。

その隙に達郎と邦夫は裏から回り、華子と節子を救うために突撃した。二人に駆け寄り、拘束を解こうとする。

「やめろ！」

雨継が達郎を突き飛ばした。二人は揉み合いになった。激しく摑み合ったせいで、雨継の懐から青銅鏡が滑り落ちた。

青銅鏡が割れた。

皆、息を呑んだ。雨継に呪術の能力をもたらした青銅鏡。飛び散った破片《はへん》は、何かの終わりを告げるかのようであった。

張り詰める空気の中、雨継は静かに破片を一枚一枚拾った。彼は観念したかのように、おとなしくなっていた。雨継は、呟くように言った。その声のトーンは、いつもの彼に戻っていた。

「そうですね、少しやりすぎてしまったかもしれません。でも、私だって辛かったのです。私にはたった一人の、かけがえのない母でしたから」

雨継の言葉を、皆、黙って聞いている。静寂が漂っていた。雨継は続けた。

「どうやら、これまでのようですね。貴方がた、華子さんと節子さんの拘束を外してあげてください。そして警察でもどこでも、私を突き出してくださってけっこうです。もう逃げも隠れもしません」

雨継は覚悟ができているようだった。そして、自嘲《じちょう》的に苦笑いしながら、彼は願った。

「この陰陽師の姿で警察の取調べを受けるのはさすがに恥ずかしいので、着替えだけはさせていただけますか」

雨継は着替えも用意してきているようだった。彼の心中を察し、達郎は頷いた。

雨継が支度をしている間に、達郎たちは華子と節子の拘束を取った。縄は複雑に縛られていて、解くのに少し手間取った。

すると、突然、家の隅が燃え上がり始めた。雨継が着替えるフリをして、家に火をつけたのだ。廃墟と化してる古い家は、すぐに火が回り、燃えてゆく。火の勢いに、皆、気圧《けお》されてしまい、混乱した。

雨継は火に包まれながら、叫んだ。

「早く、逃げろ！　その二人を連れて、早く逃げろ！」

邦夫は華子と節子を抱え、家の外へ逃げ出した。冬花も飛び出す。火の勢いを食い止めることなどできず、木造の家は燃え上がってゆく。


その頃、薄井弘一郎は、病の床で夢を見ていた。紅葉の中で、着物を乱し、啜り泣きながら三味線を弾いている、後姿の女。それは村井和子だ。弘一郎の耳に、微かに三味線の音が聞こえてくる。津軽三味線、和子が得意だった、じょんがら節。その音色は徐々に徐々に大きくなり、また微かになってゆく。

和子が振り返る。和子は、とても寂しそうな顔をしているけれど、儚《はかな》い美しさを湛えていた。紅葉がはらはらと散り、和子に、今度は、雪の降る海の景色が重なってゆく。

弘一郎は目を瞑ったまま、瘦せ衰えた手を、布団からそっと伸ばした。まるで、救いを求めるかのように。手は震え、僅《わず》かしか持ち上がらないが。

「わる……かった……」

弘一郎は、消え入りそうな声で呟いた。閉じた目から、涙が一すじ、こぼれる。彼の手が、パタリと落ちた。

夏美は正気を失い、雨継を助けようと火の中へ飛び込もうしたが、達郎に腕を掴まれ「よせ！」と引き止められた。

「ここにいると危険だ！　逃げるぞ！」

達郎が叫ぶ。家は燃え上がり、崩れ落ちてゆく。夏美は達郎に連れ出され、猛火を見上げていたが、その中に雨継がいると思うとたまらなくなった。

夏美は達郎の手を振り払い、号泣しながら火の中へと再び入って行った。

「和樹さん！　和樹さん！」

夏美は雨継の本当の名前を叫んでいた。

「危ない！　よせ！」

夏美を追い掛け、達郎も火の中へと飛び込む。

「お姉さま！　達郎さん！」

冬花もあとに続いた。邦夫は華子と節子を連れて少し離れた場所に避難し、炎に包まれた家を愕然と眺めていた。

鬼平たちがF町に駆けつけた時には、駅から眺めても分かるほど、煙が広がっていた。「火事じゃないか？」と町でも騒ぎになっている。鬼平と角田が地元のパトカーに乗って現場へ向かうと、燃え上がる家を見上げながら抱き締め合って震えている後白河夫妻と節子を発見した。

「陰陽師が……あ、あの中に……」

邦夫は茫然自失としながら、炎を指さした。しかし、もう手遅れだろう。鬼平は彼らを保護しながら訊ねた。

「あのライターたちは、どこです」

邦夫も華子も節子も「分からない」というように首を振り、炎上している家を指すのがやっとだった。

鬼平と角田は彼らをパトカーに乗せた。そして燃え落ちる家を振り返り、呟いた。

「事件の責任を取って、罪の重さに耐えきれず、集団自殺か……。あいつら、やっぱりグルだったのかもしれないな。死ななくてもいいものを、馬鹿なやつらだ」

雨継、姉妹、達郎たちを哀れみ、鬼平は洟を啜った。

押しとどめられぬ火が危険なので、鬼平たちはパトカーに乗り込んで、そこを離れた。

消防車がようやく到着するも、間に合わなかった。やがて爆音が響いて、家が吹き飛ぶのが見えた。

エピローグ

「お姉さま、あれからずーっと元気がないんですの。お酒ばかり飲んで御飯をまったく食べないからゲッソリしちゃって、なんだか痛々しいですわ」

冬花は頬杖をつきながら、達郎に言った。

「あの夏美さんが食欲不振になるぐらいだから、陰陽師のこと、よほど……あれだったんだな。しかし強運なヒトだ。あの炎の中に入っていって、脚を火傷したぐらいで済んだんだから」

達郎は、冬花に淹《い》れてもらったコーヒーを美味しそうに啜っていた。

「あら、達郎さんが必死で助けてくださったおかげよ」

二人は見つめ合い、微笑み合う。

「相変わらず仲がいいわねー、貴方たち」

ヒソヒソ話をする二人のところに、夏美が姿を現した。黒いネグリジェに薔薇柄のガウンを羽織って艶かしい格好をしているが、左足の包帯が痛々しい。

「夏美さんも相変わらず洒落ていらっしゃる。怪我してもイイ女とは見事です」

達郎が口笛を吹く。夏美は苦笑した。

「怪我で気が滅入って寝てばかりだったから、そろそろ起き上がってオシャレでもしようと思って」

食い違った二人だったが、達郎も雨継のことを理解し、夏美も依怙地《いこじ》だったことを互いに認め合ったので、彼と彼女とのわだかまりはすっかり解けていた。雨継について「行方不明になっている」「焼身自殺か?」などと書き立てるマスコミもあったが、達郎は彼について知りえたことは今回いっさい記事にしなかった。書けば金になるが、雨継の身の上を考えると、人間としてやってはいけないように思ったのだろう。達郎は金のために非道になるような男ではなかった。

「火傷の痕《あと》もだいぶ良くなったし、家で寝てばかりいるのも飽きちゃった。ボーイフレンドたちと久々に騒いでこようかな」

夏美はテーブルの上の葡萄《ぶどう》を摘んで、カラ元気を出した。


その夜、夏美が眠っていると、窓を叩くような音がした。

「何事かしら？」

不審に思ったのだろう、夏美は起き上がり、カーテンをそっと開けた。ツバメが懸命に窓に体当たりしていた。ツバメの首には、何か手紙のようなものが括《くく》りつけられている。

何か胸騒ぎがして、夏美は窓を開けた。

するとツバメが部屋に入ってきて、飛び回りながら手紙を落とし、素早く窓から去っていった。

夏美は窓を閉め、震える手で手紙を拾った。しかし、それを広げてみても、何も書かれていなかった。ふんわりとオレンジのような香りを感じたその時、手紙が独りでに燃え上がり、みるみる字があぶりだされた。

それは、天龍雨継からの手紙だった。

『夏美さんへ。先日は、貴女の言葉で正気に戻ることができたよ。貴女のおかげで、私はあれ以上醜くならずにすんだ。ありがとう。その御礼と言ってはなんだけれど、今後、貴女が困ることが何か起きたら、私のことを強く深く念じてくれ。その時は、私は必ずきっと、貴女を助けに駆けつける。雨継』

あの燃え盛る火の中から抜け出し、雨継はどこかで密かに生存しているようだった。

真夜中、夏美は机に向かい、薄明かりの中で目を擦りながら、雨継からの手紙を何度も何度も読み返した。

雨継の生存が涙がこぼれるほど嬉しいくせに、夏美は複雑な女心を覗かせ、溜息まじりに愚痴《ぐち》を呟くのだった。

「困った時にしか現れてくれないのか……ケチね」

☆

夏美は吹っきれたように明るくなり、冬花と達郎を誘った。

「ねえ、久しぶりに、みんなで御飯でも食べに行かない？」

元気が戻った夏美に、二人とも安心したように笑みを浮かべ、大きく頷いた。

夏美、冬花、達郎は、意気揚々と夜の街に繰り出した。灼熱《しやくねつ》の夏が過ぎ、心地良い秋が訪れていた。

「しかし、アタマにくるなあ！　あの絵画、どこいっちゃったんだ？　バラバラ殺人はホシを挙げることができたが、絵画のほうは行方不明のまんまだ。ああ、これでまた迷宮入り事件が一つ増えるのか！　日本警察がまた馬鹿にされるぞ、ちくしょう！」

鬼平は有楽町《ゆうらくちょう》のガード下の焼き鳥屋で一杯やりながら、角田にクダを巻いていた。

「雨継が所有していた家とマンションをすべて突き止めて探しましたが、絵は見つかりませんでしたものね。……もう、どこかに流れていってしまったのかもしれません。我々の手の届かないところにまで。今頃、海を越えているかもしれませんねえ」

角田が言うと、鬼平は目をギョロギョロとさせ、咳払いした。

「しかし天龍雨継ってのも不思議な男だったなあ。遺体もまだ出てきてないんだよな。あの爆発で、粉々に吹き飛んじまったのかな、やっぱり」

「ええ。あの姉妹とライターも、吹き飛んでしまったようですね。凄い爆発でしたから」

「花の命は短けえってことだなあ」

そう言って二人は、しんみりとした。

鬼平と角田は焼き鳥屋を出て、駅に向かって歩き始めた。鬼平は前方からくる三人組を見て、酔った勢いで呟いた。

「なんだかケバくて目立つ女どもだなあ。男はヒモか、鞄持ちか?」

憎まれ口を叩きながら、その三人が近づいてきて、鬼平も角田も目が点になった。

その三人組は、ドレスアップした夏美と冬花、そして達郎だったのだ。彼らは楽しそうにお喋りしながら、笑顔で平然と通り過ぎてゆく。

「あいつら生きてたのか……」

鬼平と角田は呆然と、三人を見送った。

「怪しいヤツら世にはばかる、ってことですね」

角田が呟き、鬼平が深く頷く。遠ざかってゆく彼らの華やかな後姿をじっと睨みながら、鬼平は唸った。

「よおし、あいつら、いつか纏めて必ず逮捕してやるぞ！」

「はい、警部。頑張りましょう！」

角田も元気良く同意する。ネオンが眩しい夜の街角、鬼平は顔をますます赤くして、鼻を擦ってニヤリと笑った。

一〇〇字書評

切り取り線

購買動機（新聞、雑誌名を記入するか、あるいは○をつけてください）	
□（　　　　　　　　　　　　）の広告を見て	
□（　　　　　　　　　　　　）の書評を見て	
□ 知人のすすめで	□ タイトルに惹かれて
□ カバーがよかったから	□ 内容が面白そうだから
□ 好きな作家だから	□ 好きな分野の本だから

●最近、最も感銘を受けた作品名をお書きください

●あなたのお好きな作家名をお書きください

●その他、ご要望がありましたらお書きください

住所	〒				
氏名		職業		年齢	
Eメール	※携帯には配信できません	新刊情報等のメール配信を希望する・しない			

あなたにお願い

この本の感想を、編集部までお寄せいただけたらありがたく存じます。今後の企画の参考にさせていただきます。Eメールでも結構です。

いただいた「一〇〇字書評」は、新聞・雑誌等に紹介させていただくことがあります。その場合はお礼として特製図書カードを差し上げます。

前ページの原稿用紙に書評をお書きの上、切り取り、左記までお送り下さい。宛先の住所は不要です。

なお、ご記入いただいたお名前、ご住所等は、書評紹介の事前了解、謝礼のお届けのためだけに利用し、そのほかの目的のために利用することはありません。

〒一〇一-八七〇一
祥伝社文庫編集長　加藤　淳
☎〇三(三二六五)二〇八〇
bunko@shodensha.co.jp

祥伝社ホームページの「ブックレビュー」からも、書き込めます。
http://www.shodensha.co.jp/bookreview/

祥伝社文庫

上質のエンターテインメントを！　珠玉のエスプリを！

祥伝社文庫は創刊15周年を迎える2000年を機に、ここに新たな宣言をいたします。いつの世にも変わらない価値観、つまり「豊かな心」「深い知恵」「大きな楽しみ」に満ちた作品を厳選し、次代を拓く書下ろし作品を大胆に起用し、読者の皆様の心に響く文庫を目指します。どうぞご意見、ご希望を編集部までお寄せくださるよう、お願いいたします。

2000年1月1日　　祥伝社文庫編集部

淫《いん》と陽《よう》　陰陽《おんみよう》師《じ》の妖《あや》しい罠《わな》　長編官能ロマン

平成21年9月5日　初版第1刷発行

著者　黒《くろ》沢《さわ》美《み》貴《き》
発行者　竹内和芳
発行所　祥《しよう》伝《でん》社《しや》
東京都千代田区神田神保町3-6-5
九段尚学ビル　〒101-8701
☎03（3265）2081（販売部）
☎03（3265）2080（編集部）
☎03（3265）3622（業務部）
印刷所　萩原印刷
製本所　明泉堂

ISBN978-4-396-33527-4　C0193

祥伝社のホームページ・http://www.shodensha.co.jp/

祥伝社文庫

黒沢美貴　ヴァージン・マリア

奔放な男性遍歴を重ねる姉・夏美と男性恐怖症の冬花の美人姉妹怪盗コンビ。傑作官能ピカレスク！

藍川　京　蜜の狩人

小悪魔的な女子大生、妖艶な女経営者…美女を酔わせ、ワルを欺《あざむ》く凄腕の詐欺師たち！　しょせん、悪い奴が生き残る！

藍川　京　蜜の狩人　天使と女豹

高級老人ホームに標的を絞った好色詐欺師・鞍馬。老人の腹上死を画す女・彩子と強欲な園長を欺く、超エロティックな秘策とは？

藍川　京　蜜泥棒

好色詐欺師・鞍馬郷介をつけ狙う謎の女。郷介の性技を尽くした反撃が始まった！「蜜の狩人」シリーズ第3弾。

藍川　京　ヴァージン

性への憧れと恐れをいだく十七歳の美少女、紀美花。つのる妄想と裏腹に今一つ勇気が出ない。しかしある日…

藍川　京　蜜の誘惑

清楚な美貌と淫蕩な肉体を持つ女理絵《りえ》。彼女は莫大な財産を持つ陶芸家を籠絡し、才能ある息子までも肉の虜にするが…

祥伝社文庫

藍川京　蜜化粧《みつげしょう》

憎しみを抱いた男の後妻に心を奪われた画商・成瀬一磨。その美しくも妖しい姿態の乱れる様を覗き見たとき……

藍川京　蜜の惑い

男に金を騙し取られイメクラで働く人妻真希。欲望を満たすために騙し合う女と男のあまりにもみだらなエロス集

藍川京　蜜猫

妖艶、豊満、キュート。女の魅力を武器に詐欺師たちを罠に嵌める、痛快にしてエロス充満の長編官能ロマン

藍川京　蜜追い人

伸子《のぶこ》は夫の浮気現場を監視する部屋を借りに不動産屋へ。そこで知り合う剣持《けんもち》遊也《ゆうや》。彼女は「快楽の天国」を知る事に…。

藍川京　蜜ほのか

迫る女、悦楽の女、届かぬ女……。男盛りの一磨が求める「理想の女」とは？　傑作『蜜化粧』の主人公・一磨が溺れる愛欲の日々！

藍川京　柔肌まつり

再就職先は、健康食品会社。怪しげな名の商品の訪問販売で、全国各地を飛び回り、美女の「悩み」を一発解決！

祥伝社文庫

藍川 京 うらはら

女ごころ、艶上――奥手の男は焦れったく、強引な男は焦らしたい。女の揺れ動く心情を精緻に描く傑作官能！

草凪 優 誘惑させて

不動産屋の平社員からキャバクラの店長に抜擢されて困惑する悠平。初日に十九歳の奈月から誘惑され……。

草凪 優 みせてあげる

「ふつうの女の子みたいに抱かれてみたかったの」と踊り子の由衣。翌日から秋幸のストリップ小屋通いが。

草凪 優 色街そだち

単身上京した十七歳の正道が出会った性の目覚めの数々。暮れゆく昭和を舞台に俊英が叙情味豊かに描く。

草凪 優 年上の女《ひと》

道端で酔いつぶれていた奈津実となりゆきでラブホテルに入った正道。真実の愛を見つけたと思ったが…。

草凪 優 摘《つ》めない果実

「やさしくしてください。わたし、初めてですから…」妻もいる中年男と二十歳の女子大生の行き着く果て！

祥伝社文庫

草凪優　夜ひらく

一躍カリスマモデルにのし上がる20歳の上原実羽《うえはらみわ》。もう普通の女の子には戻れない…。

神崎京介　性こりもなく

心と躰で、貪欲にのし上がろうとする男と女。飽くなき野心の行方は？欲望が交錯する濃密な情愛小説。

神崎京介　想《おも》う壺《つぼ》

あなたにもいつかは訪れる、飽くなき性を探求する男と女の情熱と冷静を描く、会心の情愛小説！

神崎京介　秘術

不能からの回復を求める二人の旅。古今東西のエロスを辿る新境地、愛のアドベンチャーロマン開幕！

白根翼　痴情波デジタル

誰に見られたのか？　プロデューサー神蔵《かみくら》の許に、情事の暴露を仄《ほの》めかす脅迫メールが。

牧村僚　フーゾク探偵《デカ》

新宿で起きた風俗嬢連続殺人事件。容疑者にされた伝説のポン引き・リュウは犯人捜しに乗り出すが……

祥伝社文庫

櫻木 充ほか　秘戯S(Supreme)

櫻木充・子母澤類・橘真児・菅野温子・桐葉瑶・黒沢美貴・隆矢木士朗・高山季夕・和泉麻紀

草凪 優ほか　秘戯E(Epicurean)

草凪 優・鷹澤フブキ・皆月亨介・長谷一樹・井出嬢治・八神淳一・白根 翼・柊まゆみ・雨宮 慶

牧村 僚ほか　秘戯X(Exciting)

睦月影郎・橘真児・菅野温子・神子清光・渡辺やよい・八神淳一・霧原一輝・真島雄二・牧村僚

睦月影郎ほか　XXX《トリプルエックス》

藍川京・館淳一・白根翼・安達瑶・森奈津子・和泉麻紀・橘真児・睦月影郎・草凪優

睦月影郎ほか　秘本　紅の章

睦月影郎・草凪 優・小玉二三・館 淳一・森奈津子・庵乃音人・霧原一輝・真島雄二・牧村 僚

藍川 京ほか　妖炎奇譚

現《うつつ》と幻の間《はざま》で燃え上がる、究極のエロスの世界。6人の執筆陣による〝世にも奇妙な性愛物語〟豪華競宴！

祥伝社文庫・黄金文庫　今月の新刊

伊坂幸太郎　**陽気なギャングの日常と襲撃**
あの四人組が帰ってきた！
ベストセラー待望の文庫化

西村京太郎　**十津川警部「子守唄殺人事件」**
奇妙な遺留品が暗示する
子守唄と隠された真相とは!?

夢枕　獏　**新・魔獣狩り5**　鬼神編
闇の一族、暗闘の行方は!?
大河巨編、急展開の第五弾。

藤谷　治　**いなかのせんきょ**
荻原浩さん絶賛。笑いあり、
涙ありの痛快選挙小説！

天野頌子　**恋する死体**　警視庁幽霊係
ユーレイが恋!?　個性派
続々登場のほんわか推理。

渡辺裕之　**謀略の海域**　傭兵代理店
これがソマリアの真実だ！
大国の野望に傭兵が挑む

黒沢美貴　**淫と陽**　陰陽師の妖しい罠
本当の、エクスタシーを…
気鋭が描く、官能ロマン！

宮本昌孝　**風魔**（上・中・下）
影の英雄が乱世を駆ける！
天下一の忍びの生涯。

鳥羽　亮　**狼の掟《おきて》**　闇の用心棒
縄張りを狙う殺し人が襲来。
老刺客・平兵衛やいかに！

雨宮塔子　**それからのパリ**
母として、女性として、
パリの暮らしで思うこと。

河合　敦　昭和の教科書とこんなに違う　**驚きの日本史講座**
習った歴史はもう古い！
最新日本史ここまでも

杉浦さやか　**わたしのすきなもの**
「ぴったり」な過ごし方を
教えてくれるエッセイ集

曽野綾子　**善人は、なぜまわりの人を不幸にするのか**
善意の人たちとの
疲れない〈つきあい方〉